Ariane
Contre le
Minotaure

Collection dirigée par Marie-Thérèse Davidson

© 2004 Éditions NATHAN, SEJER, 25 avenue Pierre de Coubertin, 75013 Paris
Loi n° 49-956 du 16 juillet 1949 sur les publications destinées à la jeunesse,
modifiée par la loi n° 2011-525 du 17 mai 2011.
ISBN 978-2-09-282625-6

ARIANE CONTRE LE MINOTAURE

Marie-Odile HARTMANN
Illustration : Élène USDIN
Dossier : Marie-Thérèse DAVIDSON

Nathan

*Les * dans le texte renvoient au lexique en fin d'ouvrage.*

CHAPITRE I
RÉVÉLATIONS

En pénétrant dans la salle réservée aux femmes, Tarrha sourit devant le spectacle qui s'offrait à elle. « Par Zeus, quelle agitation ! » pensa-t-elle. Partout, dans la grande salle, des tissus multicolores jonchaient le sol. Des servantes allaient et venaient en s'interpellant. D'autres, installées devant des métiers à tisser, bavardaient avec entrain. La nourrice cherchait des yeux sa maîtresse, Ariane, fille du puissant roi Minos* de Crète*, quand la voix de la princesse s'éleva soudain au-dessus du brouhaha :

– Soumada ! Réza ! Nous mourons de soif ! Apportez-nous de l'eau bien fraîche !

Elle aperçut Tarrha et la salua joyeusement :

– Nourrice, comment vas-tu ce matin ? Où étais-tu donc ? Les couturières sont arrivées ! Il faut que tu me conseilles !

– Toi ? Écouter mes conseils ? soupira Tarrha. On aura tout vu !

Comme Ariane venait d'avoir seize ans, elle pouvait désormais siéger à la tribune royale lors de la célébration de l'équinoxe d'automne. C'était une très grande fête, la plus importante du calendrier : l'enterrement de l'année finissante.

« Comme le temps passe vite », songea Tarrha, évoquant ce petit matin où la reine Pasiphaé, qui venait de mettre au monde un joli bébé, le lui avait confié avec ces mots :

– Tarrha, c'est ta mère qui m'a élevée, tu es une sœur pour moi et tu as toute ma confiance. Voici ma fille Ariane : prends soin d'elle. Tu t'en occuperas comme ta mère s'est occupée de moi.

Que de souvenirs, depuis !

Des rires arrachèrent la nourrice à sa rêverie. Dans sa hâte, Ariane avait enfilé de travers la tunique rayée que lui faisait essayer une couturière.

– C'est ça, moquez-vous ! s'écria-t-elle en se pavanant comiquement. Nourrice ! Comment me trouves-tu ?

Tarrha sourit avec indulgence :

– Tu me parais bien excitée, ma princesse !

– Je suis tellement contente ! J'adore ces préparatifs !

La jeune fille, maintenant, virevoltait joyeusement à travers la salle, poursuivie par la couturière qui tentait d'ajuster la tunique.

– S'il te plaît, maîtresse, arrête de bouger. Laisse-moi faire mon travail, ou je n'aurai jamais fini à temps !

Ariane s'immobilisa brutalement et la couturière, qui avait pris son élan pour la suivre, ne put s'arrêter assez vite. Les deux jeunes femmes s'affalèrent ; empêtrées dans la tunique qui menaçait de se déchirer, le souffle coupé par des hoquets de rire, elles n'arrivaient pas à se relever. Les voyant ainsi, toutes les servantes furent en quelques instants gagnées par le fou rire. C'est alors que, dominant les cris et l'hilarité générale, une voix irritée pétrifia l'assistance.

– Ma sœur, encore à faire tes pitreries ! Mais quel âge as-tu donc ? Père a raison : tu ne seras jamais une princesse digne de ce nom !

Un silence consterné régnait à présent dans la salle. La belle Phèdre, dont les boucles brunes s'échappaient d'un chignon élégant, se tourna vers Tarrha.

– Et toi, nourrice, dit-elle d'un ton plein de reproches, est-ce ainsi que tu lui apprends les bonnes manières ?

Le mécontentement rendait plus intense le noir de ses yeux.

– Allons, vous autres, continua-t-elle en s'adressant aux couturières, ne restez donc pas plantées là ! Au travail !

Elle désigna les étoffes chatoyantes que portait une jeune fille entrée avec elle.

– J'ai décidé ce que je mettrai le jour de la fête. Je veux une jupe droite coupée dans ce lainage, garnie de sept volants étagés, fabriqués à partir de ces tissus-là. Un corsage lacé sous la poitrine avec de petites manches bouffantes, et une ceinture nouée par un gros nœud dans le dos.

Les ouvrières s'étaient approchées et suivaient attentivement ses explications.

– Et voilà, chuchota Ariane à Soumada, la fille de Tarrha, qui se trouvait à côté d'elle. L'orage est passé. Quel caractère impossible !

Elle était aussi brune que sa sœur Phèdre, son aînée d'un an, mais ses grands yeux en amande étaient de la couleur de la mer, passant du vert au bleu, ou encore au gris. Leurs reflets changeaient selon ses vêtements, son humeur, ou le temps qu'il faisait.

Quand Ariane alla retrouver Tarrha qui, vexée par les remarques désobligeantes de Phèdre, gardait les yeux baissés dans son coin, son regard était sombre.

– Tu me pardonnes, dis ? chuchota-t-elle à l'oreille de sa nourrice en l'entourant affectueusement de ses bras.

– Si tu pouvais être un peu plus…

– Je voulais seulement m'amuser ! Nous avons bien ri, non ? Phèdre est trop sérieuse. Elle n'est pas la seule, d'ailleurs. L'atmosphère est parfois… tellement sinistre, chez nous !

La nourrice soupira :

– Si nous laissions ta sœur à ses essayages ? Sortons un peu…

Elles descendirent quelques marches et traversèrent en silence la grande pièce de réception qui occupait le rez-de-chaussée du palais. C'est à peine si Ariane accorda un regard aux artistes qui rafraîchissaient les fresques, en vue des prochaines festivités : elle pensait à une conversation qu'elle avait surprise entre les couturières, où il était question de cet horrible monstre au corps d'homme et à tête de taureau que son père gardait prisonnier. Elle avait cru comprendre que…

– Nourrice, dit-elle brusquement. Qui est exactement ce Minotaure ?

– Tu le sais bien, voyons. C'est une créature très dangereuse !

– Oui, mais j'ai entendu dire que… Est-il vrai qu'il fait partie de notre famille ?

Elles franchirent le seuil. Dehors, le soleil brillait ardemment et la princesse s'arrêta, un instant éblouie par la lumière de ce bel après-midi d'automne.

– Tarrha ? Tu as entendu ma question ?

Et, comme Tarrha se taisait toujours, elle ajouta, pressante :

– Enfin, Tarrha ! À ta tête, je vois bien que tu connais la réponse. Alors, pourquoi ne veux-tu rien me dire ? J'ai seize ans, tout de même…

– Pourquoi ne demandes-tu pas à ta mère ?

– Ma mère ? Elle ne me répond jamais quand je lui parle. Je me demande parfois si j'existe pour elle !

– Elle est souvent fatiguée, mais n'exagère pas…

– Non ! C'est la vérité.

– Et le roi ?

– Mon père ? Sais-tu ce qu'il me dit quand je lui pose une question sur la famille ? « Demande à ta mère ! » Quant à ma sœur, elle me répond qu'elle ne sait rien et que cela ne l'intéresse pas. J'en ai assez, Tarrha !

La nourrice était embarrassée, et Ariane sentait bien qu'il suffisait de peu de chose pour qu'elle se mette à parler. Quand elles eurent trouvé à s'asseoir à l'ombre, la princesse revint à la charge.

– De simples couturières en savent plus que moi sur ma famille ! C'est très humiliant !

– Je reconnais qu'il vaudrait mieux que tu sois au courant de certaines choses, mais c'est difficile pour moi… C'est une telle responsabilité !

Elle se tut, regardant distraitement, un peu plus

loin, un jeune homme blond qui s'occupait des vignes.

– Tarrha, je t'en prie ! insista la princesse.

– Les couturières ont raison, soupira la nourrice après une dernière hésitation, le Minotaure fait partie de la famille royale.

Elle prit Ariane par les épaules et la serra contre elle :

– C'est ta mère Pasiphaé qui l'a enfanté.

– Comment cela ?

La jeune fille se dégagea brutalement de sa nourrice.

– Pardon, ma princesse ! dit Tarrha en détournant les yeux. J'ai du mal à trouver les mots.

– Je t'en prie, nourrice, continue. Tu ne dois rien me cacher.

La voix d'Ariane était à peine audible. Tarrha attendit quelques instants avant de reprendre son récit :

– Ta mère a énormément souffert. Je la vois encore, ma pauvre Pasiphaé, son nouveau-né sur les genoux, accablée devant la monstruosité de son bébé, le cajolant en mère aimante, voulant le garder à tout prix près d'elle. Mais il grandissait, devenait dangereux, assoiffé de sang. Il haïssait Minos en particulier.

– Pourquoi ?

– Il sentait peut-être que ce dernier voulait le séparer de sa mère. Finalement, le roi a demandé à Dédale*, son architecte, d'imaginer un lieu où l'enfermer tout en lui laissant assez d'espace pour courir.

– Le Labyrinthe !

Ariane contre le Minotaure

– En effet. Mais le plus difficile, ce fut, une fois le Labyrinthe achevé, d'arracher le Minotaure des bras de sa mère… Neuf gardes y ont laissé la vie, tant sa force était déjà colossale. Minos fut contraint de le faire assommer avec de grosses pierres. Sinon, on n'aurait pas pu forcer le monstre à pénétrer dans sa prison. Ta mère ne s'en est jamais vraiment remise. Voilà pourquoi elle est toujours si triste, si…

– C'est horrible. Je comprends mieux ma mère, à présent… Je m'en veux d'avoir été si injuste parfois !

– Tu ne le savais pas…

– Dis-moi, Tarrha, reprit la jeune fille après un silence. Quand est-ce arrivé ?

– Il y a trente-cinq ans, si je compte bien. Dix-neuf ans avant ta naissance.

– Mais comment mes parents ont-ils pu donner naissance à un monstre pareil ?

Tarrha détourna la tête, embarrassée.

– Eh bien, dit-elle en fixant un oiseau qui picorait un peu plus loin, Minos n'est pas le père de ce monstre.

– Ce n'est pas mon père ? Alors qui ?

La jeune fille s'était mise à secouer le bras de sa nourrice.

– Chut… Ariane, voyons !

Tarrha regarda avec inquiétude du côté de la vigne, mais le jeune ouvrier avait disparu.

– Vas-tu enfin me répondre ? insista la princesse.

– C'est… euh… un taureau.

– Un taureau… Avec ma mère ? Je ne comprends pas, fit Ariane d'une voix blanche. Mais comment ? Pourquoi ?

À ce moment, ses yeux étaient d'une couleur étrange que Tarrha ne leur avait jamais vue. Elle entoura de ses bras la princesse qui tremblait, et la berça comme un enfant.

– Je te raconte si tu me promets de ne plus te mettre dans un état pareil, lui dit-elle quand elle la sentit plus calme.

Comme Ariane secouait la tête en signe d'assentiment, elle reprit :

– À l'époque, nous étions bien jeunes, ta mère et moi. Elle venait d'épouser le roi Minos, et sa joie de vivre faisait plaisir à voir. Tous deux s'occupaient activement de l'aménagement de ce palais, ici, à Cnossos. La reine débordait d'énergie et… tiens, tout à fait comme toi : tu lui ressembles beaucoup.

– J'ai du mal à l'imaginer ainsi… Mais continue, je t'en prie.

– Le roi Minos, je ne sais plus pour quelle raison, avait contracté une dette envers Poséidon*. Il se mit en quête d'un taureau à lui sacrifier, mais il ne trouvait pas d'animal assez beau, assez puissant… Aucun ne lui semblait digne du dieu des mers. Un jour, alors qu'il se promenait sur la plage, il vit un superbe taureau

Ariane contre le Minotaure

blanc qui galopait sur le rivage. La bête répondait enfin à son attente. Il la fit capturer, mais il la trouvait si belle qu'il ne put se résoudre à la mettre à mort et en sacrifia finalement une autre. Le dieu entra alors dans une colère épouvantable. Seulement, craignant de s'attaquer directement à Minos, qui est le fils de Zeus*, il s'en prit à son épouse. C'est ainsi qu'il ensorcela la reine, et la rendit folle d'amour pour le fameux taureau. Et Pasiphaé paya pour son mari.

Ariane, frappée d'horreur, écoutait sans mot dire. Elle comprenait à présent pourquoi personne n'avait voulu répondre à ses questions, et pourquoi Tarrha avait tant hésité à lui parler.

– Ma mère, amoureuse d'un taureau…

– Hélas !

– Tu ne m'as pas tout dit, Tarrha. Je veux la suite ! Je veux comprendre comment les choses se sont exactement passées !

La nourrice regarda sa maîtresse et lut dans ses yeux tant de détermination qu'elle se résigna à poursuivre son récit :

– La reine était très malheureuse. Elle tournait sans cesse autour de l'enclos, dévorant des yeux le taureau, cherchant à l'approcher, à l'apprivoiser. Peine perdue ! De jour en jour, je la voyais dépérir. C'est à ce moment que Dédale est arrivé sur notre île pour se mettre au service de ton père. Il était déjà très renommé à l'époque. Il s'est montré sensible à la douleur de ma pauvre reine et il a fabriqué une fausse vache à l'intérieur de laquelle s'est glissée Pasiphaé. L'architecte y avait mis tant d'habileté que même le taureau s'y est trompé. C'est ainsi que les choses se sont passées.

La princesse s'était recroquevillée contre Tarrha, les mains crispées autour de son visage, et la nourrice ne la sentait même plus respirer. Sans mot dire, elle lui caressa doucement les cheveux, comme on fait pour apaiser un petit enfant, jusqu'à ce que la jeune fille pût laisser couler ses larmes.

– Laisse-toi aller, pleure, mon enfant. Il faut pleurer, lui répétait la nourrice de temps en temps.

Enfin, Ariane sembla aller mieux. Elle se redressa et regarda Tarrha :

– Il y a encore autre chose, dit-elle dans un souffle.

– Nous en parlerons plus tard, ma princesse, quand tu seras reposée.

– Non ! Je dois savoir tout de suite. Les couturières parlaient de quatorze jeunes Athéniens qui allaient être sacrifiés dans le Labyrinthe pour les fêtes d'Équinoxe. Je n'ai pas pu en apprendre davantage, parce qu'elles ont changé de conversation quand elles se sont aperçues que j'écoutais…

– Hélas, ma fille… c'est une longue histoire ! Il y a eu une guerre avec Égée, le roi d'Athènes. Et la paix a été signée à certaines conditions…

Tarrha s'interrompit, surprise de découvrir tout à coup Soumada qui se tenait là, devant elles.

– Mère ! s'exclama la jeune servante. Enfin, je te trouve ! Voilà un moment que la reine Pasiphaé te demande… Elle s'impatiente !

La nourrice se leva aussitôt et se dirigea à petits pas pressés vers les appartements des femmes. Soumada voulut la suivre, mais Ariane l'arrêta :

– Je t'en prie, ne me laisse pas seule…

Soumada était sa sœur de lait : elles avaient toutes deux été nourries au sein de Tarrha, qui avait accouché de Soumada deux jours avant que Pasiphaé ne mette Ariane au monde. Elles s'entendaient à merveille.

Soumada sourit et s'installa à côté de la princesse.

– Tu as l'air triste. Est-ce que je peux faire quelque chose ?

– Merci. Reste seulement avec moi.

– Si nous allions nous promener un peu ?

Ariane acquiesça, et elles se levèrent.

– Tu as vu, reprit Soumada à voix basse, cet homme, là-bas, qui nous regarde d'un drôle d'air ?

Ariane leva la tête dans la direction que lui indiquait son amie et vit en effet un jeune homme aux épaisses boucles blondes, qui lui fit un petit salut de la main en souriant.

– D'où sort-il, celui-là ? s'écria la princesse, choquée par une telle familiarité. Quel sans-gêne !

– Veux-tu que j'appelle quelqu'un pour le…

Soumada s'interrompit, stupéfaite.

– Ça alors, s'exclama-t-elle, mais où est-il passé ?
On dirait qu'il s'est volatilisé !

– Oui, c'est étrange…

– Je vais chercher un garde, insista Soumada.

– Laisse, c'est trop tard, maintenant. Marchons
plutôt…

Elles se dirigèrent vers un champ d'oliviers. Mais,
après quelques pas, Ariane reprit, soucieuse :

– Tu sais, toi, pourquoi des Athéniens vont mourir
aux fêtes d'Équinoxe ?

Le visage de Soumada s'assombrit.

– Ma mère me l'a expliqué hier soir…

– Raconte-moi.

– Tu vas être encore plus triste !

– Mais non ! Allez, je t'écoute…

CHAPITRE 2
LE PACTE

L e lendemain vers midi, à Katsambas, port du palais de Cnossos, la foule se pressait pour voir accoster un étrange bateau à la voile brune. Des hommes en armes étaient postés sur le quai, en tenue de parade, car cette journée marquait le début des fêtes d'Équinoxe. Soumada se frayait avec difficulté un chemin dans les rues encombrées, mais le bateau était encore à quelques encablures lorsqu'elle parvint enfin à la maison de sa cousine. Celle-ci vint aussitôt lui ouvrir, et les deux curieuses montèrent sur le toit en terrasse pour assister à l'événement tant attendu, qui n'avait lieu que tous les neuf ans : l'arrivée des quatorze jeunes Athéniens, sept garçons et sept filles, destinés à périr dans le Labyrinthe, dévorés par le monstrueux Minotaure.

Il y avait bonne distance du port au palais, et Ariane ne pouvait assister au débarquement : sa place était à la tribune royale, entre sa mère et sa sœur Phèdre, à l'entrée de la grande cour centrale du palais où devait aboutir le cortège. Elle comptait sur Soumada pour lui raconter en détail ce qu'elle aurait vu : comment était le bateau, s'il y avait eu des incidents au débarquement… La veille, leur discussion dans le champ d'oliviers avait duré longtemps : l'histoire du pacte révélée par son amie l'avait laissée horrifiée.

Un an après le Minotaure, la reine Pasiphaé donnait naissance à un fils nommé Androgée, dont le père, cette fois, était bien le roi Minos. Ariane ne l'avait pas connu, car il était mort dans des circonstances dramatiques à l'âge de quinze ans. Son père l'avait laissé partir à Athènes, comme hôte du roi Égée, pour qu'il participe à la fête des Panathénées. C'était l'occasion de toutes sortes de concours, et Androgée était un athlète remarquable. Il remportait tous les prix et les autres concurrents, jaloux, lui tendirent un piège et le tuèrent. Minos accusa Égée de n'avoir pas veillé sur son fils, et peut-être même d'avoir été à l'origine du complot.

Il demanda à Zeus, son père, de venger la mort

d'Androgée en envoyant la peste et la famine sur Athènes. Puis il partit en guerre contre la cité. Les Athéniens, affaiblis par la faim et décimés par la maladie, n'offrirent au roi de Crète qu'une faible résistance. Minos posa alors ses conditions à la paix : les Athéniens lui enverraient, tous les neuf ans, pour les fêtes de l'équinoxe d'automne, sept garçons et sept filles. Ces jeunes gens, tout juste sortis de l'enfance et choisis parmi les plus beaux de la ville, seraient livrés au Minotaure. Faute de quoi, il raserait la cité.

« Tous les neuf ans, cela laisse à la jeunesse d'une cité le temps de se reconstituer », songeait Ariane, sombrement.

Le son des tambourins la tira de sa rêverie : Minos, en costume d'apparat, faisait son entrée. Il salua majestueusement la foule installée sur les gradins, qui se leva en signe de respect, puis s'avança avec solennité entre les soldats au garde-à-vous qui formaient une haie d'honneur jusqu'à la tribune royale, où il prit place à la droite de la reine. Des chants à sa gloire s'élevèrent alors, comme inspirés des événements qu'Ariane venait de repasser dans sa tête :

« Malheur à toi, Égée d'Athènes !
Les lois de l'hospitalité,
Tu les as méprisées,
L'illustre athlète Androgée,

Ariane contre le Minotaure

Tu l'as fait égorger,
Tu n'as pas supporté
Qu'il reçoive les lauriers
Destinés à couronner
Sa victoire méritée !
Malheur à toi, Égée !... »

Une vieille histoire : voilà ce qu'Ariane ne pouvait s'empêcher de penser. Son frère n'avait-il pas été assez vengé ? Aujourd'hui, il était mort depuis une vingtaine d'années, puisque c'était le troisième contingent de jeunes Athéniens qui, en ce moment même, montait du port pour être présenté au roi. Pourquoi son père s'acharnait-il ainsi, après tout ce temps ? Mais la foule, apparemment, n'était pas de l'avis d'Ariane, car elle reprit en chœur :

« ... Malheur à toi, jeunesse d'Athènes !
Le sang qui coule dans tes veines
N'en finira pas de payer
La dette que ton roi Égée
A contractée envers Minos,
Fils de Zeus et roi de Cnossos,
Malheur à toi, jeunesse d'Athènes !... »

Ainsi chantait le peuple de Crète tandis qu'Ariane, du haut de la tribune, apercevait déjà la tête du cortège, constituée des musiciens qui rythmaient la marche. Puis, en se tordant un peu le cou vers la gauche, elle réussit à distinguer le groupe des prisonniers. Les malheureux marchaient tête baissée, encadrés par les gardes. Ceux-ci avaient toutes les peines du monde à contenir la foule qui se pressait pour les voir de plus près.

Phèdre, à ce moment, la poussa discrètement du coude.

– Le nœud de ma ceinture est en train de se défaire, aide-moi, je t'en prie… lui glissa-t-elle à l'oreille.

Ariane ne put s'empêcher de glousser, ce qui lui valut un regard réprobateur de son père. Sa sœur se pencha légèrement en avant pour lui permettre d'arranger au mieux la ceinture.

– J'ai essayé de l'arranger, mais il faudra que la couturière revoie son ouvrage, chuchota-t-elle.

Le grand silence qui s'installa soudain l'avertit qu'il se passait quelque chose. Elle se retourna et ses yeux se posèrent sur les prisonniers, alignés devant la famille royale, en contrebas de la tribune. Sept garçons et sept filles de son âge, tous très beaux, car ainsi l'avait ordonné Minos : « Les plus beaux enfants d'Athènes, choisis dans les meilleures familles. » Ils étaient impressionnants de grâce et de dignité et se tenaient les yeux baissés devant le roi.

L'un d'entre eux, plus grand, avait aussi l'air plus

Ariane contre le Minotaure

âgé. Cela n'échappa pas à Minos, qui lui demanda avec autorité :

– Qui es-tu, toi, le garçon du milieu ? Tu ne sembles pas avoir l'âge requis ! Malheur à Égée, qui n'a pas respecté la convention !

L'intéressé se redressa et regarda le roi droit dans les yeux. Ariane se sentit émue par ce regard si fier, cette assurance, la noblesse de ce visage.

– Ô grand roi Minos, ne te fâche pas, car ce n'est pas pour te défier que mon père m'a envoyé parmi ces jeunes gens, mais pour t'honorer : je suis Thésée, le propre fils d'Égée, roi d'Athènes. Il t'a pris ton fils Androgée et, en t'envoyant son fils, il souhaite satisfaire ton désir légitime de vengeance : fils pour fils. Peut-être ainsi renonceras-tu à tes exigences ?

– Quelle audace ! Oser me proposer un marché, à moi, fils de Zeus ! Oser penser que mon fils Androgée vaut autant que le fils d'un mortel ! Un traître qui a osé enfreindre les règles sacrées de l'hospitalité en laissant massacrer son hôte ! Jamais, tu m'entends, jamais il n'aura fini de payer sa dette !

Et tandis qu'Ariane se sentait prise d'une grande compassion pour celui dont elle venait d'apprendre le nom, elle entendit son père ordonner :

– Il suffit ! Qu'on les emmène à présent, et qu'on les prépare pour le sacrifice !

« Non ! se dit-elle, c'est trop horrible ! Il ne faut pas !

Il faut faire quelque chose ! »

L'équinoxe d'automne allait être célébrée le lendemain même : on mettrait à mort la vieille année et, au
coucher du soleil, on irait conduire tous ces jeunes
gens à l'entrée du Labyrinthe. Ils ne pourraient
échapper au Minotaure, qui les dévorerait tous.

Devant la tribune royale défilaient maintenant les
magnifiques taureaux sacrés sur lesquels de jeunes
Crétois bien entraînés feraient des concours d'acrobaties le lendemain. On les présentait au roi pour qu'il
choisisse ceux qui participeraient à la fête. Minos semblait avoir retrouvé sa bonne humeur. Il applaudissait
aux différentes démonstrations, félicitait chaleureuse-
ment les artistes et les éleveurs. Un instant, Ariane fut
tentée de se jeter aux pieds de son père pour demander la grâce des Athéniens, mais elle réalisa qu'elle ne
ferait que raviver sa colère. Elle envisagea ensuite de
consulter sa sœur. Mais cette dernière ne saurait,
comme d'habitude, que la rappeler à son devoir de fille
obéissante ! Ses yeux se posèrent alors sur sa mère :
comme à son habitude, Pasiphaé paraissait absente, le
regard perdu dans le lointain. Soudain, l'idée lui vint
comme une évidence : Dédale ! L'homme qui avait
construit le Labyrinthe ! Qui, mieux que Dédale,
pouvait trouver une solution ? Il avait bien aidé sa
mère. Pourquoi refuserait-il de l'aider, elle ?

CHAPITRE 3
L'AMOUR A SES RAISONS...

inos avait invité les musiciens de la procession, et le repas du soir fut gai et animé. Ariane s'efforçait de participer aux réjouissances, mais les chants et les danses pleins d'entrain la laissaient indifférente. Elle parvenait à peine à donner le change : d'ordinaire, elle exécutait avec une grande aisance les pas les plus difficiles, et là, elle ne cessait de se tromper, d'hésiter, à tel point que ses camarades commencèrent à murmurer entre elles :

– Elle est vraiment distraite ! dit l'une, en levant les yeux au ciel.

– Elle est peut-être amoureuse ! suggéra malicieusement une autre.

Et les jeunes filles s'esclaffèrent.

Mais Ariane ne se rendait compte de rien. L'image de Thésée entouré des jeunes Athéniens s'était incrustée en elle et l'obsédait. Elle ne comprenait pas bien ce qui lui arrivait, et elle avait hâte d'être seule pour y réfléchir tout à son aise.

Le plus urgent, c'était de rencontrer Dédale. Elle avait entendu dire qu'il vivait à l'écart, quelque part sur l'île, avec pour seule compagnie son fils Icare, qu'il initiait à son savoir-faire et à ses inventions. Elle devait absolument se renseigner… mais auprès de qui ? Car personne ne devait savoir que la fille de Minos projetait de trahir son père en faisant évader les prisonniers ! À l'idée de ce qui s'ensuivrait si l'on découvrait ses intentions, elle ne put réprimer un frisson.

– Ariane, ma fille !

Elle sursauta.

– Oui, père ?

– Va donc chercher la lyre à huit cordes dont tu joues si bien. Voilà longtemps que nous n'avons eu le plaisir de t'entendre.

Ariane sortit de la pièce en toute hâte. La lyre se trouvait dans sa chambre, où l'attendait la fidèle Tarrha. C'était l'occasion d'échanger quelques mots avec elle et… – pourquoi pas ? – de lui confier son projet. La nourrice saurait certainement comment trouver Dédale !

À présent, la jeune fille courait dans le grand corridor

décoré des gigantesques doubles haches, emblèmes du palais.

Jamais elle ne s'était sentie si petite, si fragile. Et pourtant, la présence des gardes qu'elle rencontrait sur son passage aurait dû la rassurer ! Mais, justement parce que ces hommes étaient nombreux, plus elle avançait, plus sa gorge se serrait, plus son angoisse montait. Elle prenait conscience de la démesure de ce qu'elle avait décidé d'entreprendre : elle, avec ses seize ans, son inexpérience, contre un puissant empire millénaire…

Enfin, elle parvint à sa chambre. Tarrha était bien là. Ariane se jeta dans ses bras et éclata en sanglots.

– Ma princesse… Qu'y a-t-il donc ? Le repas est-il déjà fini ?

– Tarrha… Tarrha… Si tu savais… Tarrha, il faut m'aider, je t'en supplie !

– T'ai-je un jour refusé mon aide ? Allons mon petit, calme-toi, tout va bien. Tarrha est là, sois tranquille.

Ariane respira un grand coup.

– Il faut que je rencontre Dédale, murmura-t-elle, sans oser encore lever les yeux.

– Dédale ! Mais…

– Je t'en prie, Tarrha, ne me pose pas de questions…

La nourrice ne répondit rien et attendit la suite. Elle connaissait bien sa princesse !

Ariane contre le Minotaure

Et en effet, après quelques instants, elle entendit Ariane déclarer, d'une voix décidée :

– Je dois sauver les prisonniers.

Saisie d'effroi, elle repoussa la jeune fille, qui se leva et reprit calmement :

– Je n'ai pas le temps de t'expliquer, car mon père m'a demandé de revenir pour jouer de la lyre. S'il te plaît, trouve un moyen de m'amener Dédale sans que personne ne le sache… C'est une question de vie ou de mort ! Je t'en prie, aide-moi !

Elle avait l'air si désespéré que Tarrha se sentit fléchir :

– Je vais voir ce que je peux faire, s'entendit-elle répondre à la princesse. J'enverrai Soumada jusqu'à sa retraite. Si tout va bien, il sera ici au milieu de la nuit.

Ariane se jeta à son cou puis, saisissant brusquement sa lyre, elle courut vers la porte.

– Personne ne doit le voir, n'oublie pas ! s'écria-t-elle, inquiète.

– Ne te fais pas de souci : nul mieux que Dédale ne sait entrer et sortir sans être vu…

La nourrice s'interrompit brusquement : Phèdre était à la porte. Ariane se retourna et poussa un petit cri en se trouvant nez à nez avec sa sœur.

– Je vous dérange, on dirait…

Depuis quand était-elle là ? Avait-elle entendu la conversation ?

– Pas du tout ! Mais je te croyais dans la salle du banquet…

– Père m'a envoyée chercher la grande cithare de notre mère. Comme elle est très encombrante, il m'a priée de la faire porter par Tarrha et Soumada.

Elle regarda sévèrement Ariane :

– Explique-moi donc, ma sœur, pourquoi tu veux faire venir Dédale au palais. Quelle est encore cette fantaisie ?

Ariane cherchait vainement quelque chose à répondre :

– Je veux faire sa connaissance ! déclara-t-elle enfin. N'en ai-je pas le droit ?

– En pleine nuit !

– Et pourquoi pas…

– Tu veux que je te dise ? Tu crois que je n'ai pas remarqué, cet après-midi, comment tu le regardais ?

– Qui ? De qui parles-tu ?

– De Thésée, bien sûr ! Du fils d'Égée ! Seulement, figure-toi que c'est moi qu'il a regardée ! Toi, il ne t'a même pas vue !

Ariane se sentit rougir.

« Qu'est-ce qui m'arrive ? » se demanda-t-elle en baissant la tête.

Mais son malaise n'échappa pas à Phèdre qui souriait, moqueuse.

– Ma sœur amoureuse ! Comme c'est touchant !

Tarrha observait la scène d'un air consterné, hésitant

à intervenir. Soudain, Ariane se redressa et se tourna vers elle :

– Tarrha, je suis sûre que Phèdre a menti. Pourquoi père demanderait-il la cithare de mère alors qu'elle n'en joue plus depuis longtemps ? Ma chère sœur cherche à vous empêcher de m'aider, toi et Soumada, et je voudrais bien savoir pourquoi !

– Tu prétends faire évader les Athéniens au nez et à la barbe de notre père, et tu oses me demander des comptes ! s'écria Phèdre. Remercie-moi plutôt d'avoir percé à jour tes projets criminels et de t'éviter la mort ! Tu ne respectes donc rien ?

– Et toi, tu ne trouves pas criminel d'envoyer à la mort ces jeunes innocents qui ont à peine notre âge ?

– Les lois de Minos sont justes, même si nous ne les comprenons pas toujours. Elles sont dictées à notre père par Zeus lui-même. En défiant Minos, c'est Zeus que tu défies. Tu sais ce qui arrive quand on défie les dieux ?

– Tant pis ! s'exclama Ariane avec fougue. Je ne peux supporter l'idée qu'ils meurent dans des conditions si atroces ! Et je les aiderai, malgré tout ce que tu peux dire de raisonnable. Nous verrons bien ce qui arrivera. Je m'en remets au destin.

Phèdre haussa les épaules :

– Tu es vraiment amoureuse ! lâcha-t-elle.

Mais une certaine admiration perçait dans sa voix :

– Admettons que tu réussisses à le faire évader, reprit-elle plus doucement. Comment feras-tu, ensuite ? Tu seras obligée de fuir les représailles de notre père, de quitter la Crète. Espères-tu que ce Thésée t'emmènera, alors qu'il ignore encore ton existence et que, visiblement, c'est moi qui ai attiré son attention ?

– Mais tu ne l'aimes pas, toi ! Alors laisse-moi faire. Doutes-tu que l'on puisse m'aimer, moi aussi ? D'ailleurs, je ne suis pas si naïve : je ne le sauverai qu'à condition de partir avec lui ! Pourra-t-il refuser ?

– Les Athéniens ne sont pas dignes de confiance. As-tu oublié ce qui est arrivé à notre frère Androgée ?

– Tu me l'as déjà dit : je ne suis pas raisonnable. De toute façon, je ne peux plus m'imaginer sans lui.

– Tu avoues enfin que tu l'aimes ! soupira Phèdre.

Ariane fit une petite grimace. Tarrha se racla la gorge :

– Votre père va trouver étrange que vous n'ayez pas encore regagné la salle du banquet !

Les jeunes filles tressaillirent. Avant de sortir, Ariane s'assura que Tarrha ferait ce qui était convenu au sujet de Dédale.

– Je tremble pour toi, ma princesse, mais je t'aiderai, car je vois qu'il n'y a aucun moyen de te faire renoncer à tes projets ! Quand tu reviendras ici, tu trouveras Dédale.

CHAPITRE 4
LE SECRET DU LABYRINTHE

Ariane avait déjà, en de rares occasions, rencontré Dédale ; mais elle n'avait jamais fait vraiment attention à lui, tant elle était captivée par les présents qu'il apportait à chacune de ses visites au palais : des statues travaillées dans des pierres si blanches que la lumière jouait sur elles de façon fascinante et les rendait presque vivantes ; des bas-reliefs sur lesquels on voyait les sculptures s'animer pour jouer des scènes. Ariane avait reçu, par exemple, une piste de danse sur laquelle de petits personnages évoluaient selon une chorégraphie toujours différente. C'était vraiment merveilleux. Hélas, parfois, sans raison apparente, certains danseurs sortaient du bas-relief et disparaissaient. On ne les revoyait jamais, et le spectacle n'était plus aussi beau.

Tous disaient que le génial Dédale avait percé le secret d'Héphaïstos*, le dieu forgeron. Voilà le peu qu'elle savait de l'homme qui avait construit le Labyrinthe, et vers lequel elle s'avançait à présent.

Il se tenait dans un coin de la chambre et s'inclina profondément devant elle :

– Je suis très honoré, princesse Ariane, de pouvoir t'être utile. Mais on ne m'a pas dit en quoi.

Une extraordinaire énergie se dégageait de ce petit homme presque chauve au visage mobile.

– Je te remercie d'être venu si vite. Prends donc un fruit pour te rafraîchir, proposa la jeune fille en apportant une corbeille.

Dédale choisit une grappe de raisin. Pendant qu'il la mangeait, Ariane se demandait comment aborder le sujet. Elle décida d'être directe, sentant que l'homme était trop intelligent pour que l'on use de détours avec lui.

– Voilà, fit-elle tandis qu'il savourait les derniers grains de raisin, je voudrais que tu me donnes un plan du Labyrinthe.

– Un plan du Labyrinthe ? Mais il n'en existe pas ! Ils ont tous été détruits.

– Tu peux sans doute en dessiner un, toi qui l'as fait construire.

– C'est impossible, princesse.

– Je t'en prie, le supplia-t-elle. Tu seras récompensé, je te donnerai tout ce que tu voudras ! C'est une question de vie ou de mort !

– Je ne peux pas. Même si je le voulais…

– Tu as peur de mon père, c'est ça ? dit-elle avec amertume.

– Qui, en Crète, ne craint pas Minos ?

Ariane cherchait désespérément comment le convaincre, quand il reprit :

– De toute façon, il est inconcevable de dessiner un plan du Labyrinthe, pour la bonne raison qu'il n'est pas représentable.

– Pas… représentable ?

– On ne peut rendre sa forme ni par un rond, ni par un carré, ni par un quelconque polygone.

– Un prisme, alors ? Une sphère ? Ou…

– Non, rien de tout cela ! Comme je te l'ai dit, on ne peut pas le reproduire : sa forme n'existe pas… ou plutôt, il n'a pas de forme.

– Alors, veux-tu m'expliquer comment on peut construire quelque chose qui n'a aucune forme ? En ne suivant aucun plan ? Tu veux me faire croire que toi, l'architecte, tu as travaillé dans le vide ? Que tu n'as rien dessiné ?

– Si, bien sûr, j'ai dessiné, mais avant ! Car avant qu'il soit construit, on pouvait le représenter, mais plus après : tu ne devines pas ?

Dédale observait d'un air amusé Ariane qui, les sourcils froncés, le regard vert bronze, essayait de résoudre le problème de la configuration du Labyrinthe.

– Il aurait donc changé entre ce que tu projetais et sa réalisation ?

– C'était dans mes projets qu'il change.

– Tu sais donc comment il est maintenant.

– Non. Il se transforme tout le temps. Cela ne te rappelle rien ?

Ariane pensa aux petits danseurs de son bas-relief. Dédale avait en effet prévu qu'ils bougent, ils avaient même assez d'autonomie pour s'échapper… C'est ce qui devait se passer pour le Labyrinthe. Elle frémit : sans plan, comment sauver Thésée ? Elle l'imagina, courant en tous sens, tandis que le Labyrinthe resserrait son étau autour de lui, en contractant ses nombreux replis. Elle réalisa que le pire n'était peut-être pas le Minotaure qui, finalement, n'avait plus qu'à consommer une proie déjà presque anéantie par ses efforts désespérés dans les boyaux du Labyrinthe !

Elle eut envie de se jeter sur Dédale, de le frapper, de lui hurler les pires insultes… Au lieu de cela, elle cacha son visage dans ses mains et essaya courageusement de se ressaisir.

– Princesse, demanda doucement Dédale au bout d'un moment, pourquoi cette soudaine curiosité pour le Labyrinthe ?

Ariane se redressa et décida de lui faire confiance : elle n'avait pas le choix.

– Tu garderas le secret, n'est-ce pas, Dédale ? Je compte sur toi !

Quand elle lui eut tout raconté, l'architecte resta silencieux un moment, perdu dans ses réflexions. Enfin il se leva, fit quelques pas dans la pièce et se gratta la gorge. Ariane n'osait plus respirer.

– Pour le Labyrinthe, finit-il par dire, j'ai peut-être une idée. Pour vaincre le Minotaure, là, je ne sais pas…

– Alors tu vas m'aider ! Oh, merci !

Elle allait lui sauter au cou, mais se retint à temps.

– Le Labyrinthe est mouvant, reprit Dédale. Il faut donc, pour retrouver son chemin, laisser derrière soi quelque chose qui servira de repère.

– Des petits cailloux, par exemple ?

– Par exemple. Mais ce n'est pas très pratique, il en faudrait énormément.

- Des traces de craie ?

– Le sol du Labyrinthe est souvent terreux : la craie ne marquera pas. Et puis, l'obscurité…

– C'est vrai, comment Thésée et ses compagnons y verront-ils, dans le noir ?

– Chaque chose en son temps, Ariane.

– Bon. Il vaudrait mieux quelque chose qu'ils puissent sentir dans leurs mains…

– Oui ! Quelque chose qui soit extensible et épouse les formes du trajet.

– J'ai trouvé ! Mon vieux manteau de laine qui se détisse ! Voilà ! Je vais le donner à Thésée, s'exclama-t-elle en bondissant sur ses pieds.

Dédale ne put s'empêcher de sourire devant le ton enthousiaste de la jeune fille.

– C'est très imprudent, princesse. On ne doit pas reconnaître un objet qui t'appartient sur un prisonnier.

Il retourna s'asseoir et Ariane vint s'installer à côté de lui.

– Il faudra mettre ce manteau en pelote et le cacher à l'entrée du Labyrinthe, continua-t-il. D'ailleurs, il n'y suffira pas. Tu vas devoir rassembler une très grande quantité de laine, le Labyrinthe compte des couloirs à l'infini !

– Je m'en occupe. Et le Minotaure ? Comment le maîtriseront-ils ?

Dédale détourna les yeux.

– Je suis désolé, Ariane. Je t'ai prévenue tout à l'heure : pour se débarrasser du Minotaure, ne compte pas sur moi.

Ariane eut beau le supplier, lui rappeler qu'il était venu au secours de sa mère Pasiphaé, le culpabiliser en lui disant que le monstre existait par sa faute, qu'il n'aurait jamais vu le jour sans le stratagème de la vache, rien n'y fit.

– Je n'ai pas peur pour moi, finit-il par dire, mais pour mon fils : je ne voudrais pas que la colère de Minos retombe sur lui !

– Tu n'envisages que l'échec ! Toi qui as la réputation d'être le plus habile et le plus intelligent des mortels, tu n'as donc plus confiance en tes propres qualités ?

Comme Dédale se taisait, elle reprit :

– Quelle autre chose devais-tu me dire ? Tiens au moins tes promesses ! Comment voir clair dans le Labyrinthe ? Est-ce que des torches de résine conviendraient ?

– Le Labyrinthe est instable, ne l'oublie pas. Ses mouvements provoquent de violents courants d'air, et les torches s'éteindraient.

– Alors ?

– Un objet lumineux…

Dédale reprit un peu de raisin, mâchant distraitement les grains pendant qu'il réfléchissait. Ariane le regardait, pleine d'espoir.

– Quoi donc ? Je t'en prie, parle !

– Parler ne suffira pas, car tu auras besoin de moi pour t'emparer de l'objet.

– Mais, Dédale, crois-tu que je vais aller raconter partout que c'est toi qui m'as soufflé la solution, pour le Labyrinthe ? Tu penses que j'ai l'intention de te trahir ? Personne ne saura jamais rien, sauf deux femmes qui me sont entièrement dévouées et qui donneraient leur vie pour moi !

– Ce n'est pas si simple…

Ariane, à court d'arguments, se sentit triste et découragée. Dans sa détresse, elle se mit à prier. « Zeus, je t'en supplie, fais quelque chose pour moi ! Et toi, sa fille, Athéna*, protectrice des Athéniens, ne veux-tu pas sauver Thésée, le fils du roi de ta cité ? »

– Il faut donc, poursuivit Dédale, que je pèse le pour et le contre, que j'évalue très précisément si…

– Si quoi ? Tu m'aiderais donc ? le pressa Ariane, reprenant espoir tout à coup.

Elle n'osait continuer, de peur d'être déçue par la réponse.

– Je pourrais le faire, oui. Relever ce défi m'intéresse…

Ariane remercia les dieux avec ferveur. Dédale se leva, fit pensivement quelques pas et, se tournant vers Ariane qui ne le quittait pas des yeux, lui déclara :

– J'ai trouvé comment résoudre à la fois le problème de la lumière et celui de l'arme. Tu sais, Ariane, le Minotaure est une créature vraiment effrayante !

– Thésée n'aura pas peur ! Tarrha m'a dit qu'il avait déjà combattu d'autres monstres.

– Soit. Il lui faudra quand même une arme adaptée. Il y en a bien une, mais elle n'est pas facilement accessible…

– Où est-elle donc ? s'impatienta la princesse.

– C'est la grande épée qui est suspendue dans la salle du trône. Elle seule est suffisamment fine et solide pour transpercer le cuir du Minotaure, et assez longue pour le blesser mortellement.

– La salle du trône est gardée nuit et jour !

– Ne t'inquiète pas, je connais tous les secrets du palais.

Ariane s'était levée et marchait nerveusement de long en large.

– Vu l'endroit où est placée cette arme, son absence ne peut manquer d'être remarquée ! reprit-elle sombrement.

– Je dois pouvoir en fabriquer une qui fera illusion pour la remplacer…

– En si peu de temps ?

– Il reste toute la nuit !

– Et pour décrocher l'épée sans se faire voir ?

– Cela, j'en fais aussi mon affaire, mais j'ai besoin de toi pour m'aider.

– Et la lumière, Dédale ! Comment Thésée pourra-t-il se battre avec le Minotaure s'il ne voit rien ? Il n'a aucune chance de gagner !

– Ah, c'est vrai, j'avais oublié de le préciser : cette épée, tu le sais, a été fabriquée par Héphaïstos, le forgeron des dieux.

– Oui, et offerte à mon père par Zeus à l'occasion de son mariage, ajouta Ariane.

– Le manche est forgé dans une matière légèrement phosphorescente qui a la propriété, au contact d'une main humaine, de devenir tellement lumineuse qu'on y voit comme en plein jour ! C'est vraiment l'arme qu'il te faut… Mais allons-y maintenant, car le temps presse.

CHAPITRE 5
L'ÉPÉE MERVEILLEUSE

L es derniers invités du banquet étaient partis, et les gardes étaient bien moins nombreux, mais à tout moment une patrouille pouvait surgir au détour d'un couloir. Ariane et Dédale glissaient sans bruit le long des corridors. Ils se rendaient à la salle du trône, et pourtant la princesse constatait avec étonnement qu'ils s'en éloignaient de plus en plus... Les paroles de Tarrha lui revinrent à l'esprit : « Nul mieux que Dédale ne sait entrer et sortir sans être vu. »

Soudain Dédale, qui marchait devant elle, s'arrêta si brusquement qu'elle le heurta. Il s'agitait dans l'ombre, et elle perçut bientôt un léger frottement. À sa grande surprise, elle vit un rectangle du sol glisser à leurs pieds pour livrer un passage.

– Attention aux marches, chuchota l'inventeur. Tiens-toi bien à moi.

La jeune fille obéit et ils se retrouvèrent dans un réduit si étroit qu'ils avaient peine à y tenir à deux. Au-dessus de leur tête, le sol du palais se reforma. À sa complète fermeture, il y eut un instant de noir total, puis Ariane sentit le mur contre lequel elle se trouvait adossée s'ouvrir comme une porte. Ils s'engagèrent dans ce passage. Étrangement, on voyait clair à présent. Dédale se retourna vers elle en souriant :

– Tu n'as pas trop peur, princesse ?

Un peu crispée, elle lui rendit son sourire en secouant la tête.

– Comment cet endroit est-il éclairé ? lui demanda-t-elle.

– C'est la lune qui s'en charge.

– La lune ? Elle pénètre jusqu'ici ?

– Par des puits de lumière discrètement creusés dans la campagne, au-dessus de ce souterrain, expliqua-t-il fièrement.

– Drôle de trajet pour accéder à la salle du trône !

– Ne t'inquiète pas, ce n'est qu'un détour nécessaire.

Ils arrivèrent à un endroit où se croisaient deux autres galeries. Dédale s'arrêta devant la paroi de droite, se dressa sur la pointe des pieds et examina soigneusement des signes dessinés sur le mur.

– C'est un plan ? le questionna Ariane.

– Un plan, c'est beaucoup dire… des repères codés, plutôt. Il y a tellement de galeries qu'on ne peut les retenir toutes.

– Beaucoup de personnes connaissent l'existence de ces souterrains ?

– Le roi Minos et moi-même, c'est tout.

– Et les ouvriers ? Les esclaves qui les ont creusés ?

– Ne sois pas naïve, on ne les laisse pas vivre dans ces cas-là… Secret d'État !

Ariane retint une exclamation d'horreur. Ils cheminèrent un moment en silence. Les carrefours se succédaient rapidement et Dédale fixait toute son attention sur la route à suivre. Quand la jeune fille vit une longue ligne droite s'ouvrir devant eux, elle demanda à son guide :

– Que puis-je t'offrir pour te remercier ?

– Rien, princesse. Ton père fait assez pour moi. Je suis un homme de science et de technique. Seul mon art m'intéresse, et je ne demande que les moyens de poursuivre mes travaux sans me préoccuper d'autre chose. Le Labyrinthe est le fruit d'une longue réflexion. Il a été conçu pour que nul, une fois entré, ne puisse trouver d'issue. Si je peux en faire sortir quelqu'un vivant, si je me surpasse moi-même, ce sera pour moi une immense satisfaction. Et c'est moi qui te remercierai de m'en avoir donné l'occasion.

– Tu n'es pas sûr de réussir ? demanda Ariane avec angoisse.

Mais Dédale lui fit signe de se taire. Non loin, un mur barrait la galerie dans laquelle ils cheminaient.

– Nous sommes sous la dalle qui se trouve à droite du trône, murmura Dédale en levant les yeux.

Il appuya fortement sur une pierre. Au-dessus de leur tête, sans un bruit, le passage s'ouvrait.

– Tu vas monter juste devant moi. Surtout, pas de bruit, et là-haut, ne touche à rien. Vas-y maintenant.

– Et s'il y a quelqu'un ?

– Il faudra attendre. Mais c'est peu probable : en général, les gardes se tiennent à l'extérieur.

Sur le qui-vive, Ariane gravit les échelons soudés le long de la paroi. Elle passa doucement la tête dans l'espace laissé libre par le déplacement de la dalle et scruta attentivement l'obscurité : personne. La porte de la salle, par chance, était fermée, et les gardes, comme l'avait prévu Dédale, ne pourraient rien voir. Elle se hissa dans la pièce, suivie de près par l'inventeur. L'épée était à sa place habituelle, juste au-dessus du passage secret. « C'est bien combiné, pensa-t-elle. En cas d'urgence, le souverain peut se saisir de son épée et s'enfuir par le souterrain. »

Elle était déjà debout sur le trône, prête à décrocher

l'épée, quand Dédale arrêta son geste. Il la fit descendre, monta à son tour, et Ariane le vit glisser une petite plaque métallique entre le mur et le pommeau de l'épée. Maintenant la plaque d'une main, il fit signe à Ariane de venir l'aider. Il lui passa la lourde épée, puis ôta rapidement la plaque et sauta au sol. Ariane perçut alors une sorte de sifflement et put voir, sortant du mur, la tête horrible d'un serpent.

Quand ils eurent regagné le souterrain, remis la dalle en place et repris leur progression dans les entrailles de la terre... bref, quand tout risque fut écarté, Ariane s'autorisa à exploser :

– Pourquoi ne m'as-tu pas prévenue ?

– Je t'avais dit de ne toucher à rien !

– Tout de même, tu aurais pu m'en parler ! Et si j'avais crié ?

L'indignation de la jeune fille prenait Dédale au dépourvu.

– Honnêtement, je n'y ai pas pensé, je suis désolé, murmura-t-il.

– Quand mon père veut prendre son arme, comment fait-il ? reprit Ariane plus doucement.

– Un mécanisme enferme le serpent, mais seul le roi en posssède la clé. À présent, je vais te raccompagner, princesse. Ensuite je m'occuperai de l'épée.

– Dédale, regarde ! s'écria Ariane.

Ils se trouvaient dans un passage particulièrement

sombre où les rayons de la lune, conduits par le puits de lumière, avaient du mal à parvenir. Sous les yeux ravis de la princesse, l'épée brillait de mille feux.

– Rien que pour avoir l'occasion d'examiner de plus près cette épée, je suis content de t'apporter ma collaboration, princesse, déclara Dédale avec enthousiasme.

Ariane pensait avec un plaisir infini que, muni d'un tel instrument, Thésée ne pouvait que réussir.

– J'aurai besoin de toi après, reprit Dédale, pour placer la copie sur le mur de la salle du trône. Mais en attendant, tu devrais essayer de rencontrer Thésée pour l'informer de tes projets.

Thésée… Le cœur d'Ariane tambourina tout à coup. Serait-elle à la hauteur ? Il fallait lui dire tant de choses !

CHAPITRE 6
LA PRINCESSE
ET LE PRISONNIER

Thésée et ses compagnons étaient retenus dans un cachot sous les appartements du chef de la garde royale. Il n'y avait ni porte ni fenêtre. La seule issue consistait en une trappe au plafond, accessible à l'aide d'une très longue échelle, qu'on avait retirée sitôt les jeunes Athéniens descendus. La trappe était restée ouverte, et aucun de leurs gestes, aucune de leurs paroles n'échappait à la vigilance des hommes qui se relayaient pour les surveiller. Il leur était interdit de chuchoter, car les gardiens devaient pouvoir contrôler tous leurs échanges. On leur avait dit que ceux qui désobéiraient à ces consignes seraient isolés dans d'autres cellules. Se sentir ainsi constamment observés mettait leurs nerfs à rude épreuve, mais d'un autre côté, si la trappe avait été refermée, ils auraient été dans le noir total, ce qui n'était guère mieux !

En tout cas, ils ne voyaient aucun moyen de s'échapper.

Que faire alors, si ce n'est prendre son mal en patience et dormir, en attendant l'heure du sacrifice ?

Mais aucun des prisonniers ne réussissait à trouver le sommeil. Aucun ne se résignait au triste sort qui l'attendait le lendemain.

Thésée encore moins que les autres. Il se revoyait, trois semaines auparavant, sur l'acropole d'Athènes, sous les rameaux de l'olivier sacré offert par la déesse Athéna à la cité. Il promettait solennellement à son père, le roi Égée, de faire tout ce qui était en son pouvoir pour en finir avec le Minotaure. C'est ainsi qu'il s'était porté volontaire pour faire partie des victimes. Et tous lui faisaient confiance : n'avait-il pas déjà débarrassé la Grèce, à lui seul, de dangereux bandits qui infestaient les chemins ? À présent, le destin lui confiait une tâche plus difficile, puisqu'il s'agissait d'un monstre à la force redoutable. L'image de son cousin Héraclès, le héros aux Douze Travaux, l'obsédait : s'il pouvait l'égaler !

Dans ces conditions, si une bonne âme avait

descendu l'échelle par la trappe et gentiment invité Thésée à s'enfuir, il aurait refusé avec indignation : il était venu librement pour se confronter au Minotaure, et il était hors de question qu'on le prive de ce duel !

Lui, ce n'était pas l'angoisse, qui l'empêchait de dormir, mais l'excitation…

Il commençait à sentir l'humidité du sol remonter le long de sa colonne vertébrale. Il se tourna, se retourna, cherchant en vain une position plus confortable, et finit par s'asseoir, le dos appuyé au mur, les genoux relevés, recroquevillé pour conserver sa chaleur. Là-haut, les gardes devaient somnoler car on n'entendait plus aucun bruit. Bizarre tout de même… Il releva la tête vers la trappe : personne ne les surveillait. Il échangea avec ses compagnons des regards étonnés. La jolie Mélissa, la plus jeune, osa un raclement de gorge, pour voir. Aucune réaction de leurs geôliers. Léandre, le plus hardi du groupe, fredonna un chant de berger. Timidement d'abord, puis plus fort, les autres joignirent leur voix.

– CHUT ! Vous êtes fous ? Chut !

Le chant s'arrêta net. Qui avait parlé ? Tous attendaient, aux aguets, serrés les uns contre les autres. Puis ils distinguèrent devant l'ouverture une forme, qui disparut, et réapparut quelques instants plus tard, un flambeau à la main : c'était une jeune fille, une servante sans doute, vu la simplicité de sa parure.

Ariane contre le Minotaure

– Chut… répéta-t-elle. Vous voulez réveiller les gardes ? J'en ai pourtant eu, du mal, à verser discrètement la potion dans leur boisson !

– Mais… qui es-tu ? demanda Thésée, le premier instant de stupéfaction passé. Et pourquoi fais-tu cela ?

Elle sourit, amusée par le spectacle de ces paires d'yeux écarquillés.

– Je m'appelle Soumada, et je ne fais qu'obéir à ma maîtresse.

– Qui est donc ta maîtresse ?

– Quelqu'un de très important, déclara-t-elle fièrement. La princesse Ariane, fille du roi Minos.

Thésée se rappela alors avoir remarqué une très belle jeune fille, assise à la tribune, lorsque lui-même et ses compagnons avaient été présentés à la famille royale. Il avait été fasciné par ses yeux si noirs et pourtant étonnamment lumineux. Mais son attention avait ensuite été accaparée par la colère de Minos.

– Lequel d'entre vous est Thésée d'Athènes ?

Soumada posait la question pour la forme, car elle avait parfaitement reconnu le prince, qu'elle avait vu au port le jour même.

Thésée se détacha du groupe.

– Ma maîtresse veut te parler. L'échelle est trop lourde à manipuler, alors j'ai apporté une corde.

Elle se retourna pour poser sa torche à l'endroit du mur aménagé à cet effet. Puis elle s'accroupit et fit glisser devant elle un lourd paquet.

– Ce n'est pas à la princesse de descendre, tu es bien d'accord ? continua-t-elle en laissant la corde se dérouler jusqu'aux pieds de Thésée. Alors c'est toi qui vas monter !

Voyant que Thésée hésitait, elle ajouta, moqueuse :

– À moins que tu ne te sentes pas capable de te hisser jusqu'ici…

Ce fut Léandre qui répondit, indigné :

– Tu oses insulter notre prince…

– Laisse, Léandre, intervint Thésée. Autre lieu, autres coutumes : les femmes, ici, semblent avoir des manières plus libres qu'à Athènes, il faut nous y adapter !

Soumada ne put réprimer un petit rire :

– L'heure n'est pas à la philosophie, messieurs les Athéniens. Dois-je répondre à ma maîtresse que Thésée refuse son aide ?

– Je suis curieux de nature, répliqua Thésée en se saisissant de la corde. J'ai donc très envie de savoir ce que me veut ta princesse.

Et, en moins de temps qu'il n'en faut pour l'écrire, il était déjà en haut, dans la vaste salle des gardes. Soumada n'avait pas menti : le sol était jonché des corps des hommes livrés au sommeil. Beaucoup laissaient même échapper des ronflements sonores…

– Ne vont-ils pas trouver étrange, à leur réveil, de s'être tous ainsi endormis ? chuchota Thésée.

Ariane contre le Minotaure

– Ne t'inquiète pas : ils n'iront pas s'en vanter !
Pourquoi le feraient-ils, d'ailleurs ? Ils regarderont
dans la fosse et verront que vous êtes tous là !

– Moi aussi ?

Soumada reprit son flambeau et fit signe à Thésée
de la suivre.

– Bien sûr, toi aussi ! D'ici là, tu seras redescendu.
Tu crois peut-être que ma maîtresse veut te faire
évader maintenant ?

– J'en avais peur… Tu as bien dit qu'elle voulait
m'aider ? Moi… l'aide des femmes… on ne sait jamais
ce qu'elles ont en tête…

– Je ne sais pas quelles sortes de femmes tu as ren-
contrées jusqu'à présent, mais tu as beaucoup à
apprendre de ce côté-là !

– Je te trouve vraiment très impertinente ! s'écria
Thésée, qui sentait la colère le gagner.

– Pour qui te prends-tu pour m'adresser un tel
reproche ? Tu n'es qu'un prisonnier, je te le rappelle !

Tout en se disputant à voix basse, ils se frayaient un
chemin au milieu des dormeurs. Bientôt, ils
pénétrèrent dans un hall éclairé par la lune. Soumada
descendit quelques marches, puis elle tourna à droite
et remonta par un nouvel escalier qui débouchait dans
une enfilade de pièces. Elle les traversa, Thésée toujours à sa suite, pour s'arrêter enfin devant une lourde
tenture, qu'elle souleva.

Une jeune fille était assise sur le banc de pierre qui courait tout autour de la petite pièce, mais ce n'était pas celle que Thésée s'attendait à voir. Celle-ci était très jolie aussi, mais plus enfant que l'autre. Elle lui ressemblait pourtant : les mêmes boucles noires encadrant un fin visage... Ses yeux étaient différents, très clairs, presque transparents. Ce devait être sa sœur, bien sûr ! Minos avait plusieurs filles, au moins deux, d'après ses souvenirs.

— Maîtresse, j'ai fait ce que tu m'as demandé, dit la servante en s'inclinant légèrement.

— Merci, Soumada. Maintenant, va surveiller les alentours, on ne sait jamais...

La voix était agréablement timbrée, mais il sembla à Thésée qu'elle tremblait quelque peu.

— Approche, Thésée. Je t'ai fait venir parce que... Mais ne reste pas debout, assieds-toi ici.

La jeune fille tripotait nerveusement ses bracelets. Elle lui désigna le banc du mur opposé. Il obéit en silence, sans la quitter des yeux.

— Donc, continua-t-elle avec hésitation, Soumada a dû te dire qui j'étais...

— Elle a prétendu me conduire auprès d'Ariane, la fille de Minos, répondit-il avec prudence.

— Prétendu... Tu ne me reconnais pas ! Pourtant, j'étais assise à la tribune royale, entre ma mère Pasiphaé et ma sœur Phèdre...

« Il est vrai qu'il n'a pas pu bien me voir, pensa-t-elle, j'étais occupée à réajuster la ceinture de ma sœur : c'est naturel qu'il ait remarqué Phèdre et pas moi ! Le temps que je me redresse, et il était déjà en train d'essuyer la colère de mon père : il ne regardait plus de notre côté ! »

Thésée reprit la parole :

– La servante m'a dit aussi que tu voulais m'aider… Je te préviens tout de suite : je suis venu pour tuer le Minotaure ou pour mourir.

– Tu es vraiment très courageux, lui dit-elle, pleine d'admiration. Je le savais déjà, car la renommée de tes exploits est parvenue jusqu'en Crète ! Seulement, soupira-t-elle, le monstre que tu veux tuer est presque invincible.

– Il est invaincu mais pas invincible !

– C'est là que mon aide te sera précieuse, répliqua Ariane, les yeux brillants. Car, une fois dans le Labyrinthe, deux problèmes vont se poser : d'abord, tu n'auras pas d'arme pour affronter le Minotaure. Comment t'y prendras-tu ? Et ensuite, comment feras-tu pour sortir du Labyrinthe ?

– Je dois compter sur ma force et sur l'aide des dieux…

– À lui seul, le monstre pèse autant que trois beaux taureaux réunis. Sa puissance est redoutable. Même ton cousin Héraclès n'en viendrait pas à bout sans une arme. Quant au Labyrinthe, c'est un enchevêtrement inextricable de couloirs et de salles de toutes les tailles ! Et le pire, c'est qu'il est mouvant !

– Comment cela, mouvant ?

– Oui ! Il change de forme ! Dédale l'a conçu ainsi, il l'a animé d'un mécanisme qui en fait pour ainsi dire un organisme vivant, imprévisible. Personne n'en est jamais sorti.

Elle vit que Thésée se tassait sur le banc, gagné par le découragement.

– Mais ne t'inquiète pas, s'écria-t-elle triomphalement, j'ai la solution !

Il la regardait d'un air songeur. Décidément, ces Crétoises étaient vraiment étonnantes...

Ariane baissa les yeux, soudain grave, considérant pour la première fois toute la mesure de ce qu'elle s'apprêtait à faire. Elle restait silencieuse, ne trouvant pas de mots convenables pour lui dire ce qu'elle voulait.

Thésée se leva, mal à l'aise. Depuis que Soumada était venue le chercher, il s'était laissé entraîner par les événements sans réfléchir. Pourquoi cette princesse lui proposait-elle son aide ? Qu'allait-elle lui demander en échange ? Comment la convaincre de lui révéler cette « solution » qu'elle prétendait connaître ? Il alla s'asseoir près d'elle.

– Princesse, commença-t-il respectueusement, explique-moi pourquoi tu t'intéresses au sort d'un pauvre prisonnier qui doit mourir pour venger la mort de ton frère.

Ariane tressaillit. Il lui prit doucement la main ; elle était brûlante.

– Pardon, je ne voulais pas te blesser…

– Tu as raison : je trahis ma famille, dit-elle d'une voix à peine audible.

Il serra un peu plus sa main dans la sienne.

À cet instant elle le regarda, et il comprit qu'il la troublait : elle agissait donc par amour ? Il décida d'en avoir le cœur net.

– Tu te mets en danger… Une si jolie princesse… dit-il en la dévisageant.

Elle se racla la gorge et se détourna légèrement avant de répondre :

– En danger ? Peu de gens sont au courant de ce que j'ai décidé : Dédale, qui m'a aidée à voler la seule épée capable de transpercer le Minotaure, et ne peut donc me dénoncer sans se trahir lui-même ; Tarrha, ma vieille nourrice, et sa fille Soumada qui me sont totalement dévouées et se feraient hacher menu plutôt que me trahir ; ma sœur Phèdre, qui me protège toujours, malgré nos disputes. Et puis, le temps que mon père se rende compte que le Minotaure a été tué… Personne ne se risque jamais dans le Labyrinthe ! Un jour, quelqu'un constatera qu'il ne touche plus à la nourriture qu'on lui apporte, et tous penseront qu'il est mort de sa belle mort, ou d'une maladie quelconque...

Thésée, déconcerté par la réponse d'Ariane, se demandait s'il avait vu juste. Elle ne cherchait donc pas à partir avec lui ?

– À la seule condition bien entendu, continua-t-elle, que toi et tes compagnons repartiez dans la plus grande discrétion ! Car si l'on vous voit vivants, on pensera forcément à une complicité. Et on finira par me trouver...

– Pour la discrétion, sois tranquille, intervint Thésée. De plus, j'ai demandé au capitaine du navire qui nous a conduits ici de nous attendre sept jours dans un endroit caché que nous avons repéré ensemble sur la côte en arrivant. Tu vois, j'étais optimiste, je comptais bien m'en sortir ! Mais, Ariane, j'ai besoin de savoir : pourquoi agis-tu ainsi ?

La jeune fille retira sa main, qui était restée dans celle de Thésée.

– Je trouve injuste que meurent tous ces jeunes qui ont à peine mon âge, répondit-elle. Les sujets qui payent pour les fautes des rois, les fils pour celles des pères, tous ces innocents mis à mort, de génération en génération, cela me révolte ! Par Athéna, la fille de Zeus qui favorise le progrès, ce pacte doit prendre fin !

Thésée la regardait avec respect. Quelle personnalité !

– Athéna est de notre côté, je crois, lui dit-il. C'est elle qui t'inspire, je le sens. Et je vais donc suivre tes instructions à la lettre… Si tu veux bien me les indiquer.

Mais la princesse ne répondit pas, et recommença à tourner et retourner ses bracelets.

« Je ne comprends vraiment rien », se disait Thésée. « M'aimerait-elle, finalement ? »

– Y a-t-il autre chose ? hasarda-t-il timidement, ses beaux yeux sombres et attentifs fixés sur elle.

– Je veux partir avec toi, déclara-t-elle dans un souffle.

C'était direct, mais le temps pressait. Qu'allait-il penser d'elle ? Pourquoi se taisait-il ? Elle se leva et fit quelques pas pour tenter de calmer la tension qui montait en elle.

– Ariane, je ne comprends plus, finit-il par dire. Tout à l'heure, j'allais te proposer de t'emmener avec moi à Athènes, et j'ai cru comprendre que tu ne voulais pas. J'ai donc pensé que…

– Je veux partir avec toi, répéta-t-elle plus fort, et non fuir lâchement. Une princesse crétoise n'agit pas par peur ! Je t'ai vu cet après-midi et je… J'ai décidé de partir avec toi, parce que je… Tu comprends ? Si tu veux bien, évidemment !

Thésée souriait, ému par cet aveu maladroit, séduit par cette jolie princesse qui ne reculait devant rien pour le sauver.

Il se leva à son tour pour la rejoindre et lui prit tendrement les mains.

– Si je sors du Labyrinthe, Ariane, tu partiras avec moi, je te le promets.

Il se demanda s'il devait lui dire qu'il l'aimait, mais un léger bruit interrompit ses réflexions. C'était Soumada qui revenait :

– Princesse, il faut faire vite ! Les effets de la potion vont bientôt se dissiper et j'ai peur que les gardes se réveillent !

Ariane se dépêcha d'indiquer à Thésée où serait cachée l'épée destinée à combattre le Minotaure. Elle lui expliqua aussi comment sortir du Labyrinthe, à l'aide d'une pelote de fil qu'il trouverait avec l'épée, et qu'il déroulerait au fur et à mesure de sa progression. Il n'aurait plus qu'à rembobiner le fil pour retrouver la sortie. Elle voulait lui donner des milliers de conseils, mais Soumada, inquiète, insistait pour que l'entretien se termine. Thésée décrivit comme il put l'emplacement de la crique où patientait le capitaine athénien : Ariane et lui se rejoindraient directement là-bas pour le départ. Puis il se laissa entraîner par la servante, et Ariane se retrouva seule, le cœur en émoi.

CHAPITRE 7
DES ADIEUX DOULOUREUX

L es fêtes de l'équinoxe d'automne représen-
taient la mise à mort de l'année finissante.
Cette fois, comme tous les neuf ans, selon le
rite institué par Minos, on mettrait à mort avec elle
quatorze jeunes gens… On les avait fait sortir de leur
cachot à l'aube, puis on les avait baignés en présence
des prêtres et parés de fleurs tressées en couronne. Ils
se tenaient à présent dans une petite salle tout près de
la grande cour du palais, sous l'œil vigilant des gardes.
Rongés par l'angoisse, ils attendaient la suite des événements. Du dehors leur parvenaient toutes sortes de
bruits qu'ils essayaient d'identifier : mugissements,

cris, rires, musique, grincements de roues… La fête se préparait.

Ariane aussi s'affairait. Elle n'avait pas dormi. Elle ne s'était même pas étendue un peu pour reprendre des forces. Après son entrevue décisive avec Thésée, elle était allée aider Dédale à installer la fausse épée dans la salle du trône. L'ingénieur était vraiment très habile : bien malin qui pourrait voir la différence ! Pour cela, il fallait prendre l'arme en main : elle pesait dix fois moins que la vraie et sa lame n'avait aucun tranchant. Mais il était peu probable que son père ait à s'en servir avant longtemps, et d'ici là…

La jeune fille ne se rendait pas compte de sa fatigue, tant était grande son excitation. Elle ne pensait qu'à Thésée, et se sentait à la fois la plus heureuse et la plus malheureuse des femmes à l'idée des dangers auxquels allait être confronté celui qu'elle aimait. Elle tournait en rond dans sa chambre, sous le regard réprobateur de Tarrha, qui insistait pour qu'elle mange au moins un peu. Mais la princesse ressassait son inquiétude :

— Pourvu que Soumada ait réussi à cacher l'épée et l'écheveau à l'entrée du Labyrinthe ! Pourquoi n'est-elle pas encore revenue ? Et la clé ! Comment vais-je faire pour replacer la clé, si Soumada ne me la rapporte pas à temps ?

— Eh bien ! J'ignorais qu'on fermait à clé le

Labyrinthe ! Quelle absurdité ! Qui aurait l'idée de pénétrer de son plein gré dans un endroit pareil ?!

– Il ne s'agit pas du Labyrinthe, Tarrha ! Je te parle de la clé de la réserve de laine !

– Ah ! Je comprends mieux…

– Il a fallu rassembler une énorme quantité de fil ! Tu imagines Thésée en panne de fil au milieu du Labyrinthe ! Pourvu que cela n'arrive pas !

– Nul ne peut aller contre le destin. Quand un événement doit arriver, il arrive.

– Tarrha ! Voilà comment tu me réconfortes ? On dirait que tu as envie que j'échoue.

– Tu crois que je me réjouis à l'idée de te voir trahir ton père et quitter le pays avec ce… cet aventurier ?

– Thésée, un aventurier ? Tu dis n'importe quoi ! Tu sais bien que c'est le fils du roi d'Athènes ! Je suis princesse et il est prince. Et puis, c'est un grand héros ! S'il réussit à vaincre le Minotaure, on parlera de cet exploit pendant des siècles et des siècles.

– Et qui te dit qu'il est vraiment ce qu'il prétend être ?

Ariane soupira, excédée :

– Je n'ai jamais vu quelqu'un d'aussi méfiant que toi. Vraiment, nourrice, tu me déçois.

– Et toi, tu es bien trop naïve ! Tu t'amouraches du premier venu et tu prends pour lui des risques incon-sidérés ! Il t'a promis de t'emmener, la belle affaire !

Ces Athéniens n'ont aucune parole. Rappelle-toi ce qui est arrivé à ton frère !

– Cela, Tarrha, tu me l'as déjà dit cent fois, et je ne changerai pas d'avis. Maintenant, il est trop tard : tout est prêt, et ce que j'ai promis, je le ferai.

– Alors, emmène-moi avec toi.

Ariane regarda sa nourrice et lui prit les mains avec tendresse. Elle était si âgée, si fragile, jamais elle ne supporterait une pareille expédition ! Non, elle devait rester ici, dans ce palais où elle avait toujours vécu.

– C'est impossible, Tarrha, tu le sais bien. Nous en avons déjà parlé.

– Oui, je sais : je serais une charge pour toi plutôt qu'un soutien… Mais tu vas tellement me manquer !

– À moi aussi…

Ne plus avoir Tarrha à ses côtés pour s'occuper d'elle, la soutenir, la cajoler, partager ses secrets, la conseiller… La jeune fille réalisa tout à coup ce qu'elle perdait. Tarrha lut l'angoisse dans ses yeux et la serra contre elle.

Ariane essayait de ne pas pleurer, mais ses efforts ne trompèrent pas Tarrha.

– Laisse-toi aller, mon petit. Pleure, tu verras, ça ira mieux après. Si vraiment ta décision est prise… Elle n'est pas raisonnable à mon avis, mais tu es courageuse et pleine de ressources : aie confiance ! Quoi qu'il advienne, tu t'en sortiras, je le sens.

La princesse sanglotait encore sur l'épaule de sa nourrice quand Soumada pénétra dans la pièce et s'arrêta net, déconcertée par ce qu'elle voyait.

– Quelque chose ne va pas ? s'informa-t-elle timidement.

Ariane tourna vers elle un visage baigné de larmes. Elle s'efforça de sourire, mais n'obtint qu'une pitoyable grimace.

– Soumada, te voilà enfin, réussit-elle à articuler. Non, non, ne t'inquiète pas, tout va bien ! Je… Je faisais mes adieux à Tarrha.

Soumada regarda sa mère et vit qu'elle aussi pleurait. Prise par l'action, la jeune servante n'avait pas encore envisagé que la séparation fût si proche. Sa gorge se noua : c'était sans doute la dernière fois qu'elles se trouvaient ensemble. Ariane était comme sa sœur, elles avaient le même âge et ne s'étaient jamais quittées.

– Ton amour est cruel, il nous sépare sans pitié, dit-elle à Ariane.

– C'est vrai, mais il m'entraîne comme un torrent et je ne peux aller contre…

– Tu es heureuse ?

– Oui.

– Alors, moi aussi.

Elles s'embrassèrent. Ariane se sentait réconfortée.

– Est-ce que tout va bien ? demanda-t-elle à

Ariane contre le Minotaure

Soumada. Pour le Labyrinthe, je veux dire… Tu as réussi à faire ce que je t'ai dit ?

– Je n'ai pas eu le courage d'entrer…

– Il ne fallait pas ! C'est bien trop dangereux !

– J'ai poussé la pelote et l'épée à l'intérieur, à l'aide d'une très longue branche. De dehors, on ne peut pas les voir car ils sont juste derrière la paroi de la caverne d'où part le Labyrinthe. En revanche, Thésée ne peut pas les manquer.

– Bravo ! Et pour la clé ?

Soumada fouilla sous sa robe et tendit l'objet à sa maîtresse.

– Merci. J'attends Dédale d'un instant à l'autre. Il connaît un chemin pour la replacer sans se faire voir. Phèdre dort toujours ?

– Oui, répondit Tarrha, il est encore tôt : tu as le temps d'aller prendre un peu de repos, je donnerai moi-même la clé à Dédale. Et toi aussi, ma fille, tu dors debout !

CHAPITRE 8
LE MINOTAURE

La fête battait son plein dans la grande cour du palais. On avait installé les Athéniens bien en vue du public, en face de la tribune royale, derrière des grilles. Sous leurs yeux ébahis, de jeunes Crétois, garçons et filles, se livraient à d'extraordinaires acrobaties sur des taureaux. Chacun leur tour, ils excitaient l'animal jusqu'à ce qu'il les charge. Puis ils attendaient, immobiles, qu'il soit arrivé juste devant eux. À ce moment bien précis, ils attrapaient les cornes de la bête, et utilisaient son élan pour se soulever le plus haut possible et exécuter un saut périlleux avant de retomber de l'autre côté. Ou encore, ils prenaient appui sur les cornes et bondissaient pour se retrouver debout sur la croupe du taureau lancé à pleine vitesse. Certains échouaient parfois, et tombaient, mais aucun ne se blessait gravement : on les voyait faire une sorte de glissade sur le flanc du taureau, puis ils roulaient en touchant le sol pour amortir leur chute, et recommençaient sous les encouragements de la foule.

De la tribune, Ariane semblait captivée par le spectacle, mais elle regardait au-delà, de l'autre côté de la cour : elle contemplait Thésée, ce qui n'avait pas échappé à sa sœur.

– Alors, tu vas réussir à le sauver, ton bel Athénien ?

– Tarrha ne t'a rien dit ?

– Elle s'est montrée d'une discrétion exemplaire : elle ne voulait pas te priver du plaisir de me raconter, m'a-t-elle dit… Mais nous n'avons fait que nous croiser aujourd'hui : quand je me suis levée, tu es allée te coucher !

Leur mère Pasiphaé se tourna vers elles :

– Ariane ? Tu as quelque chose de plaisant à raconter ? Je t'en prie, ma fille, distrais-nous un peu. Ce spectacle est d'un ennui…

Ariane frémit. D'habitude, sa mère n'entendait jamais quand on parlait, même quand on s'adressait à elle ! Et voilà, quand on ne se méfie pas…

Elle échangea un regard avec sa sœur, qu'elle sentit prête à la soutenir.

– Je ne sais pas si mon histoire t'intéressera, dit-elle à sa mère pour gagner du temps. C'est une histoire de… euh… de…

– De couturière ! lança Phèdre.

– Et pourquoi ne serais-je pas intéressée ?

– Parce que ce sont… des histoires de jeunes filles…

Qu'allait-elle bien pouvoir inventer ?

Heureusement, un des soldats qui gardaient les Athéniens se planta devant la tribune, ce qui fit diversion.

– Eh bien ? s'écria Minos.

– Un prisonnier, celui qui dit être le fils du roi d'Athènes, veut absolument participer aux concours de saut de taureau.

Minos se mit à rire.

– Vraiment ! Il a du tempérament, le fils d'Égée ! Mais non, pas question ! Il n'a pas subi l'entraînement et il pourrait être blessé à mort. Son rôle ici n'est pas d'affronter les taureaux.

– Il insiste, reprit le soldat. Il dit que ça l'amuserait de le faire avant de mourir, et qu'on doit respecter – comment a-t-il dit déjà – le dernier vœu d'un condamné.

– Encore des manières d'Athénien !

– Dois-je utiliser la violence pour le calmer ?

– Hum… Essaie de le raisonner ! Dis-lui que les concours de saut sont bientôt finis. Allez, va maintenant !

Ariane contre le Minotaure

Le soldat s'éloigna. Pasiphaé, distraite par l'incident, semblait avoir oublié son histoire et regardait du côté des prisonniers avec curiosité.

– Lequel est ce prince d'Athènes ? demanda-t-elle.

– Le plus grand, celui qui a les mains sur les barreaux et qui est tourné vers nous, répondit Phèdre.

– Ah oui, je le vois ! C'est un magnifique garçon… Il aurait fait un beau parti pour l'une d'entre vous, soupira Pasiphaé en regardant Ariane qui rougit violemment.

« Aurait-elle deviné ? » se demanda la jeune fille, affolée. Mais, déjà, Phèdre avait pris la main de sa sœur et lui disait tout bas :

– Pas de panique ! Moi aussi j'avais deviné, rappelle-toi… Mère a dû remarquer ton regard. Mais de là à imaginer tes projets… !

– Qu'est-ce que vous manigancez, toutes les deux ? intervint Pasiphaé.

– Rien, mère. Je taquine Ariane. Je crois qu'il lui plaît bien, ce Thésée.

– Phèdre ! N'oublie pas que ce jeune homme va mourir, hélas, et dans d'atroces circonstances…

La reine Pasiphaé se tut et se renferma dans son silence habituel, au grand soulagement des jeunes filles.

Les festivités se poursuivirent ainsi tout l'après-midi sans autre incident. Le soleil allait bientôt parvenir au bout de sa course, donnant ainsi le signal des sacrifices. Minos se leva et saisit son sceptre surmonté de la double hache, symbole du pouvoir. À sa suite, tous se mirent debout et le rituel commença. On apporta sur les tables de pierre des fruits, des fleurs, des céréales, qu'on fit brûler. Puis on procéda au sacrifice d'un jeune taureau né au printemps. Des prêtresses recueillirent son sang dans un vase et le versèrent dans le sol : il fallait nourrir la terre, lui faire prendre des forces pour qu'elle donne naissance à la nouvelle année, dans quelques mois. Enfin, le moment tant redouté par Ariane arriva : on conduisit les prisonniers au pied de la tribune royale. Minos, suivi de sa famille, descendit dans la cour pour prendre la tête de la procession.

Devant la caverne au fond de laquelle Dédale avait placé l'entrée du Labyrinthe, on attendit en silence que s'éteignent les derniers rayons du soleil. Alors les Curètes* commencèrent à jouer des cymbales. Ariane sentit sa gorge se nouer. Au signal de Minos, les gardes firent avancer les prisonniers. Thésée était le premier. « Qu'Athéna te protège ! » pensa-t-elle avec force.

Elle ne pouvait détacher son regard de lui et, quand il disparut, elle dut lutter de toutes ses forces pour ne pas défaillir. Quand elle se sentit mieux, c'était fini : les Athéniens avaient tous été engloutis dans l'antre du monstre. Les prêtres entonnèrent les chants à la gloire de Minos, que la foule reprit en chœur, et le cortège se mit en branle pour regagner le palais. Seul resta sur les lieux un petit contingent de soldats.

Dans l'obscurité totale de la caverne, les quatorze jeunes gens se sentirent d'abord déconcertés par le calme étrange qui régnait. C'était donc là ce fameux Labyrinthe dont nul ne s'échappait ? Une simple grotte ? Il suffisait d'attendre que leurs ennemis se soient suffisamment éloignés pour sortir par la même issue ! Ils commençaient à se rassurer quand ils sentirent un violent courant d'air. Le sol trembla. Ils furent jetés à terre.

— Prenez-vous les mains ! Ne vous séparez pas ! s'écria Thésée.

Aspirés dans les profondeurs du Labyrinthe, malgré tout leur courage, ils ne pouvaient retenir des cris de terreur. Accrochés les uns aux autres, ils s'efforçaient de rester en haut, près de l'entrée, comme les y encourageait Thésée. Combien de temps pourraient-ils tenir ?

Le prince désespérait de trouver l'épée et le peloton.

Tout à coup, il aperçut une lueur un peu plus loin. Il s'approcha avec précaution : c'était l'épée ! Quand il la prit, elle se mit à luire de mille feux, éclairant comme en plein jour la grande descente tortueuse qu'il découvrait devant lui.

Était-ce un effet de la lumière ? Toujours est-il que l'aspiration diminua. Les jeunes gens, qui s'étaient agrippés comme ils pouvaient pour résister à l'attraction du souterrain, se redressèrent, étonnés de ce changement soudain.

Mais à cet instant, un horrible grondement, comme un roulement de tonnerre venu des entrailles de la terre, leur glaça le sang. Le sol se remit à trembler, les parois vacillèrent. La petite Mélissa glissa évanouie aux pieds de Thésée. Il la prit doucement dans ses bras et la confia à Léandre en ajoutant :

– Restez tous ici et attendez-moi. Ne vous séparez surtout pas ! Vous avez vu, la lumière semble endormir les mouvements du Labyrinthe : tant que vous ne vous sentez pas happés comme tout à l'heure, c'est que l'épée est toujours lumineuse, donc toujours dans mes mains…

– L'épée ne te tombera pas des mains, nous avons confiance, dit Léandre, d'un ton qui se voulait plein d'assurance. Mais si tu te perds…

– Ah ! J'oubliais le fil !

Il ramassa l'énorme écheveau capable, selon Ariane, de couvrir sa course au long des couloirs, fit une profonde entaille dans le roc, près de l'entrée, et y fixa solidement l'extrémité du fil. Puis, toujours sans lâcher l'épée, il passa ses pieds au centre de la pelote, et la

Ariane contre le Minotaure

remonta jusqu'à sa taille, à la manière d'un cerceau. Ses compagnons le regardaient faire, médusés. Il leur sourit, serra chacun dans ses bras en guise d'adieu et s'éloigna, tandis que le fil se déroulait, traçant fidèlement la voie du retour… Il fut bientôt hors de vue.

L'étrange cri retentit encore, terrifiant, et ses vibrations se répercutèrent longtemps. Thésée continuait sa progression en essayant de ne pas se laisser impressionner. Il était arrivé au bout d'une longue descente et se trouvait à présent en bas d'un escalier en colimaçon. Sur sa droite cependant, le couloir continuait. Il choisit de monter les marches, mais après le premier tournant, elles redescendaient à droite pour s'arrêter au-dessus du vide. Il rebroussa chemin, mais ne reconnut rien : là où il croyait avoir monté un escalier quelques instants auparavant, il y avait une salle. Quelle ne fut pas sa surprise en constatant que les murs en étaient décorés de dessins d'une beauté remarquable ! Des femmes allaitant leur enfant, des hommes en armes chassant des animaux aux formes étranges, des frises de motifs végétaux harmonieusement entremêlés…

Des bruits sourds, comme des coups portés contre la paroi, derrière lui, le tirèrent de sa contemplation. Le cœur battant, il se retourna : le Minotaure ? Il décida de revenir sur ses pas à la rencontre de la bête. Ce qu'il découvrit alors le stupéfia : au-dessus de lui, la lune brillait. Le Labyrinthe était à ciel ouvert ! Et pourtant, il avait l'impression de n'avoir fait que descendre ! À ce moment, il perçut une sorte de grondement qui semblait se rapprocher, venant d'en face. Il continua donc tout droit en se tenant sur ses gardes. Hélas, c'était une impasse. Il finit par découvrir, à mi-hauteur du mur qui lui faisait face, une cavité qui avait l'air d'être un passage. Des pierres offraient des prises faciles et il put grimper sans être trop gêné par tout son attirail. Vérifiant que le fil d'Ariane le suivait toujours, il se faufila par le boyau qui, heureusement, s'élargissait de plus en plus. Le silence était revenu. Il se trouva confronté à deux nouveaux chemins, l'un qui s'enfonçait dans le sol, et l'autre qui montait tout droit et semblait se perdre dans le ciel. Où avait-il le plus de chance de rencontrer le monstre ?

Il comprit que tous ces tours et ces détours l'épuisaient inutilement, et qu'il ferait tout aussi bien de patienter jusqu'à ce que le Minotaure, qui avait certainement senti sa présence, se décide à venir à lui. Il fallait simplement qu'il choisisse bien l'endroit pour attendre, car c'est là qu'il le combattrait. Un espace étroit où le monstre aurait du mal à se retourner lui sembla convenir. Il prit de profondes inspirations et ferma les yeux afin de mieux entendre.

Quand il les rouvrit, mu par une impulsion soudaine, il vit le géant à tête de taureau à une dizaine de mètres devant lui. Il n'avait rien senti, rien entendu, pas le moindre bruit, aucun de ces cris qui glaçaient le sang ! Il se redressa d'un bond, laissa glisser à terre la pelote pour être le plus agile possible, mit la longue épée en garde : il était prêt. Mais le monstre ne bougeait pas. Il se tenait bien droit, la nudité blême de son gigantesque corps d'homme contrastant horriblement avec la noirceur velue d'une tête disproportionnée. Les épaules et le cou, surtout, étaient impressionnants de puissance, et il était difficile de décider s'ils tenaient plus de l'homme ou de la bête. Les cornes, longues et acérées, formaient deux armes redoutables. Pourtant son regard, empreint d'une infinie tristesse, si humain au milieu de toute cette difformité, avait quelque chose de troublant.

Thésée se sentait déconcerté. Devait-il attaquer le premier ? Soudain, le monstre se mit à mugir, doucement d'abord, puis les mugissements se muèrent en plaintes et les plaintes en cris de plus de plus en plus stridents. Il se frappait la poitrine, se tordait comme en proie à une grande souffrance, se cognait la tête contre les murs. Le Labyrinthe vibrait, livré à l'épanchement de cette douleur sans nom. Et Thésée restait là, paralysé, partagé entre la terreur et la compassion.

Soudain, le Minotaure fonça sur lui, cornes en avant. Thésée se déroba au dernier moment et le monstre heurta le mur de toute sa masse. Il s'écroula, étourdi par la violence du choc, ce qui laissa au prince le loisir de préparer le coup suivant. Il sauta sur les épaules du Minotaure encore à terre, et tenta de transpercer de son épée la peau qui paraissait humaine, mais qui s'avérait dure et épaisse comme du cuir.

La bête, ranimée par la douleur, hurla, se débattant avec rage. Heureusement, l'arme de Minos était solide. Thésée put l'enfoncer aux deux tiers avant que le monstre ne réussisse à se relever. Toujours sur ses épaules, Thésée se cramponnait à l'arme d'une main, et, de l'autre, aux poils du cou du Minotaure qui, par des ruades, tentait de le désarçonner. Le monstre ne faisait qu'aider l'épée à pénétrer plus profondément dans sa chair. Il prit de la vitesse et le jeune homme vit avec horreur que sa monture se dirigeait vers un tunnel très bas de plafond. Il se laissa glisser, mais dut ôter sa main de l'épée pour se retenir à la taille du Minotaure. Le noir se fit. Il tenta de se hisser de nouveau sur le dos de la bête, afin d'atteindre le pommeau, mais il ne trouva plus de poils auxquels s'accrocher. Il sentait maintenant qu'il rasait les murs, à pleine vitesse. Le Minotaure essayait de le saisir par-derrière, mais ses bras puissants manquaient de souplesse. De son côté, Thésée ne pouvait pas lâcher prise : laisser partir le Minotaure, c'était perdre l'épée. En ce moment même, ses compagnons, à l'entrée, luttaient dans l'obscurité pour ne pas se laisser happer par les boyaux du Labyrinthe, se

Ariane contre le Minotaure

croyant perdus. Cette vision lui donna de nouvelles forces. Il se rendit compte que le Minotaure ralentissait. Il lui sembla même qu'il s'affaissait légèrement. Thésée rassembla toutes ses forces et réussit enfin à revenir sur les épaules du monstre. Il repéra avec soulagement la lueur du pommeau, et la lumière se fit dès qu'il le toucha. Il espéra que ce n'était pas trop tard pour ses compagnons…

C'est alors qu'il comprit que la bête avait été gravement touchée et qu'elle venait, par cette course effrénée, d'épuiser ses dernières forces. Elle tanguait, essayant désespérément de se tenir debout. L'épée était maintenant enfoncée jusqu'à la garde et devait avoir transpercé des organes vitaux. Bientôt, le Minotaure ne bougea plus. Thésée sauta à terre pour s'assurer qu'il était bien mort, mais il était de nouveau dans le noir…

« Par Athéna, se dit-il, l'épée ! »

À l'entrée, le mécanisme d'aspiration du Labyrinthe devait s'être remis en marche !

Il remonta sur le dos du monstre et saisit la poignée de l'épée, qui redevint aussitôt lumineuse. Après avoir retiré l'arme, il descendit du cadavre et jeta un dernier regard sur son ennemi vaincu. Le combat avait été bien rapide : le Minotaure était mort des suites de la première et seule blessure qu'il lui avait infligée. Lui qui s'attendait à réaliser un exploit digne d'Héraclès !

Thésée avait la désagréable impression d'avoir hâté la mort d'une pauvre créature qui souffrait.

Il regarda autour de lui, à la recherche de la pelote. Il s'aperçut soudain avec angoisse que le monstre l'avait entraîné bien loin du lieu où était demeuré le fil si précieux. Il voulut se rassurer en se disant que, dans son élan, le Minotaure n'avait pu qu'aller tout droit... Oui, mais le Labyrinthe changeait de forme ! Peut-être, en se dépêchant... Il remarqua alors sur le sol de nombreuses traces de sang : avec un peu de chance, s'il les remontait, il retrouverait l'endroit ! Il partit en courant, plein d'espoir. La galerie devint très étroite, puis elle s'élargit de nouveau, mais le plafond était plus bas : tout cela concordait avec le souvenir des différentes positions qu'il avait prises dans le noir, accroché au monstre. Il suivait toujours les gouttes de sang et, enfin, il trouva la pelote.

Il mit un certain temps à parcourir en sens inverse toutes les circonvolutions de l'aller. Quand il repassa par la salle décorée, il examina de plus près les peintures murales et fut frappé par leur finesse. Dans un coin, il trouva de petits tas de différentes couleurs : de la roche pilée, des végétaux écrasés. C'étaient tous les pigments utilisés pour réaliser les fresques. Il y avait aussi de petits instruments fabriqués à partir de bois, de pierre, de poils... Qui, à part le Minotaure, pouvait avoir travaillé dans cette pièce ? Après tout, il avait un corps d'homme, des mains qui pouvaient être habiles, et Thésée se souvint du regard si humain qu'il avait surpris dans cette tête de taureau avant le combat !

« Allons, je ne vais tout de même pas m'attendrir sur le sort de ce monstre, grommela-t-il. Il m'aurait dévoré si je ne l'avais pas tué ! »

Il reprit sa route et fut bientôt accueilli par les cris de joie des jeunes Athéniens, tous sains et saufs.

CHAPITRE 9
LA RAISON D'ÉTAT

riane avait trouvé sans peine la petite crique dont lui avait parlé Thésée : il y avait là, en effet, un navire à l'ancre. Au palais, les fêtes d'automne se poursuivaient et la jeune fille n'avait eu aucun mal à s'éclipser sans se faire remarquer. Soumada avait tenu à l'accompagner.

– Je ne veux pas te laisser attendre toute seule, lui avait-elle dit.

Assises en surplomb de la plage, à l'abri des buissons, chaudement vêtues, elles scrutaient le navire à la lueur de la lune pour tenter d'y déceler une présence humaine. Apparemment, il n'y avait personne à bord. Où trouver les marins pour les prévenir que Thésée risquait d'arriver d'un moment à l'autre ?

Le temps passait. D'abord pleine d'espoir, Ariane sentait le doute s'insinuer en elle : si Thésée avait échoué ? Si le fil s'était cassé ?

Ne tenant plus en place, elle allait se lever quand Soumada la poussa du coude.

– Là-haut, sur la falaise, murmura-t-elle, des ombres…

– Tu as raison… Ce sont eux, les voilà ! s'écria-t-elle, prête à se précipiter.

Mais Soumada la retint :

– Prudence, princesse, attends d'en être sûre ! Ce sont peut-être des garde-côtes.

Le cœur battant, elles regardaient les silhouettes, à présent plus distinctes, descendre le long des rochers et se regrouper sur la plage. Des hululements de chouette rompirent le silence.

– L'oiseau d'Athéna, glissa Ariane à sa compagne. Un signal ! Sans doute les Athéniens…

– Oui. D'ailleurs, voilà les marins.

En effet, semblant sortir du roc, non loin des jeunes filles, des hommes se hâtaient vers la mer en tirant des paquets.

Ariane serra Soumada contre elle.

– Le moment est venu, ma chère Soumada, ma presque sœur…

– Adieu, Ariane, que Zeus te protège ! Tu vas beaucoup me manquer…

– Toi aussi, tu vas me manquer… Je penserai à toi souvent ! Et peut-être un jour…

– Oui, peut-être qu'un jour… Qui connaît la volonté des dieux ?

Elles s'embrassèrent une dernière fois, émues. Puis Ariane se hâta vers le bateau, tandis que Soumada, tristement, la regardait courir vers celui qu'elle aimait et qui allait l'emmener si loin.

Sur la plage, on se montrait cette ombre qui approchait rapidement.

– On dirait une fille, dit le capitaine.

– C'est la fille de Minos, répondit Thésée.

Le capitaine le regarda avec effroi :

– La fille de Minos ! Nos plans sont découverts !

Thésée souriait, amusé :

– Mais pas du tout, mon brave Thalès ! C'est grâce à elle que nous sommes en vie ! Jamais, sans elle, je n'aurais pu tuer le Minotaure…

– Et pourquoi pas ? Tu es bien le cousin d'Héraclès, non ?

– Oui, mais enfin… Bon, en tout cas, jamais nous n'aurions pu sortir du Labyrinthe.

– Admettons. Tout ça ne me dit pas pourquoi elle vient ici : que veut-elle donc ?

Ariane contre le Minotaure

– Faire partie du voyage.

– Quoi ? Avec tout le respect que je te dois, Thésée, laisse-moi te dire que c'est une grosse sottise !

– Ah oui ? Et pourquoi ?

– Parce que ça va nous ramener la guerre !

Mais Thésée était tout à sa joie d'accueillir Ariane.

– Allons, Thalès, toujours à te faire du mauvais sang ! Prépare plutôt l'embarquement, nous sommes tous là, à présent ! dit-il en prenant Ariane dans ses bras.

– Merci, belle Ariane, chuchota-t-il à son oreille. Tout s'est passé à merveille, comme tu l'avais prévu.

– Remercie plutôt les dieux… Eux seuls savent combien j'ai attendu ce moment ! répondit-elle, radieuse.

– J'ai laissé l'épée là où tu m'avais dit…

– C'est bien. Dédale la récupérera pour la remettre à sa place. Ce n'est pas n'importe quelle épée…

– J'ai vu !

Thalès toussota :

– Prince, excuse-moi… Tout est prêt, il faut se dépêcher ! Si nous ne partons pas immédiatement, ce sera trop tard, et nous devrons attendre la nuit prochaine.

Thésée relâcha son étreinte en souriant et entraîna Ariane vers le rivage.

– Dis-moi, Thésée, quelque chose m'intrigue depuis tout à l'heure : comment ton capitaine a-t-il eu connaissance de cette crique si bien cachée ? Comment a-t-il pu échapper à la vigilance des garde-côtes de mon père ?

– Je ne sais pas. Nous le lui demanderons quand nous serons à bord, si tu veux.

La lune se couchait et les premières lueurs de l'aube commençaient à poindre. Thésée souleva Ariane dans ses bras pour lui éviter de se mouiller et la porta jusqu'au navire. On leva l'ancre et les rames s'enfoncèrent dans l'eau calme.

Là-haut, à l'abri des buissons, Soumada, bien qu'elle sût qu'on ne pouvait la voir, agita les bras en signe d'adieu et reprit le chemin de Cnossos.

Le navire se dirigeait vers la petite île de Dia, juste en face. Le capitaine comptait la contourner, puis naviguer vers l'ouest. Au large de Kydonia, il remonterait vers le nord pour gagner le Péloponnèse et le golfe Saronique, et enfin Le Pirée, port d'Athènes. C'était la route habituellement suivie par les marins crétois en cette saison, la moins dangereuse et la plus rapide. Il suffirait de cacher les jeunes gens lorsqu'on se trouverait dans les parages d'un autre navire pour ne pas attirer l'attention. Les provisions de biscuits, huile, fruits secs, olives, fromage, qui remplissaient la cale, étaient en quantité suffisante pour permettre de tenir une quinzaine de jours sans accoster. Si le vent et les courants leur étaient favorables, c'était amplement suffisant pour faire la traversée.

Ariane contre le Minotaure

Quand ils atteignirent l'autre côté de l'île de Dia, le jour était levé. Le capitaine s'approcha de Thésée et lui fit part de ses hésitations : était-ce bien prudent de passer si près de Katsambas, le port de Cnossos, en plein jour, au milieu de toute cette flottille de barques de pêche déjà au travail ?

– Tu as raison, répondit Thésée. Trouvons sur cette île un endroit à l'abri des regards. Même si personne ne s'est aperçu de la mort du Minotaure et de notre fuite, nous ne devons prendre aucun risque. Nous attendrons la nuit pour repartir discrètement.

Le pilote ne tarda pas à signaler l'entrée d'une grotte marine et le capitaine dirigea la manœuvre pour l'accostage. Quand le bateau, désormais invisible de la mer comme de la terre, fut solidement attaché, Thalès le confia à la garde de quelques hommes et autorisa le reste de l'équipage à suivre les jeunes rescapés du Labyrinthe, qui se hissaient par les rochers sur la terre ferme.

D'après Ariane, l'île n'était pas habitée. On avançait donc sans trop de prudence. Les grosses chaleurs de l'été avaient grillé toute la végétation, et il était difficile de trouver un lieu propice au repos. Finalement, on se rendit sur la plage où, sous la direction de Thésée, on fabriqua une sorte de cabane avec des branches d'arbres morts et des bois flottés trouvés sur le rivage.

Ariane était infiniment heureuse. Thésée se montrait plein d'attention pour elle, et il l'avait présentée à tous comme sa future épouse. Elle s'était déjà fait une amie de Mélissa, la benjamine du groupe. Tous les jeunes gens l'honoraient comme celle qui leur avait sauvé la vie.

Seul le capitaine affichait une mine soucieuse. Dans l'après-midi, il demanda à Thésée s'il pouvait lui parler en particulier. Le prince quitta Ariane à regret et le suivit à l'autre bout de la plage.

– Prince, commença le capitaine, tu as pris mes craintes à la légère, ce matin…

– De quoi parles-tu, Thalès, quelles craintes ?

– Je te prédisais une guerre…

– Ah oui ! C'est vrai, admit Thésée. Je n'ai pas bien compris ce que tu voulais dire.

– Que crois-tu que Minos fera quand il se rendra compte que sa fille a disparu ?

– Pour faire le rapprochement, il faudra d'abord qu'il découvre que j'ai tué le Minotaure, et que nous nous sommes enfuis !

– Pas du tout ! Tu peux être certain que les garde-côtes nous ont vus appareiller ! Ils n'ont pas dû s'en étonner, d'ailleurs, pensant que je m'étais décidé à rentrer à Athènes. J'avais signalé que je resterais quelques jours, le temps de laisser se reposer l'équipage et de faire le plein de provisions.

– Alors tout va bien !

Ariane contre le Minotaure

– Non ! Car Minos va bien voir que la princesse a disparu le jour même de mon départ : il va penser que je l'ai enlevée ! Il va nous faire donner la chasse !

– Allons… Tu es trop pessimiste !

– Admettons. Mais tu sais que les nouvelles vont vite : une fois à Athènes, tout le monde sera au courant de ton mariage et Minos, avec le nombre de commerçants crétois qui sillonnent les mers, ne va pas ignorer longtemps que tu as enlevé sa fille !

– Et alors ?

– Et alors tu es bien naïf, pardonne-moi, mon prince ! Ou trop amoureux… Tuer le Minotaure, passe encore, c'est de bonne guerre, et peut-être même Minos sera-t-il bien content de ne plus avoir ce monstre à nourrir. Mais lui prendre sa fille ! En plus, voilà la deuxième fois qu'il perd un enfant à cause de la famille royale d'Athènes ! Après Androgée, Ariane !

– Mais ce n'est pas la même chose ! Androgée est mort et Ariane…

– Pour lui, c'est la même chose ! Et il viendra nous faire la guerre. Crois-tu qu'Égée, ton père, sera ravi d'avoir à affronter une autre guerre contre un roi si puissant ? Un fils de Zeus ?

Effondré, Thésée se taisait. Le capitaine avait raison. Ariane, son Ariane, si jolie et si décidée, se révélait une horrible source d'ennuis ! Il s'en voulait de n'avoir pas réfléchi plus sérieusement. Ah ! Pour combattre les monstres, il savait ! Mais en politique, décidément, il ne se sentait pas très doué… Surtout face à Ariane…

– De toute façon, c'est trop tard, finit-il par répondre. Ariane est là, avec nous…

– Comment, trop tard ? Nous sommes tout près de Cnossos ici ! Il suffit de la laisser sur cette île : elle pourra toujours faire signe à des pêcheurs de venir la chercher !

– Et tout raconter à son père ! Non, c'est trop tard, insista-t-il.

– Enfin, Thésée, si nous partons sans Ariane, c'est tout de même moins grave ! C'est presque comme si nous la rendions à son père. Peut-être Minos voudrat-il la venger, ou être dédommagé, mais il n'ira pas jusqu'à porter la guerre chez nous ! Et puis, penses-tu vraiment qu'elle a intérêt à tout raconter à son père ? Avec le rôle qu'elle a joué dans l'histoire ?

– Son père la tuera…

– Ne t'inquiète pas, elle inventera quelque mensonge qui l'innocentera ! Crois-moi : il faut la laisser ici.

Thésée avait beau se creuser la tête, il ne trouvait aucun argument qui pût sauver son amour. Il ne pouvait pas imposer une guerre à son père. Il ne pouvait pas faire passer son bonheur avant celui de toute une cité. D'ailleurs, s'il avait risqué sa vie en venant combattre le Minotaure, ce n'était pas pour replonger

Ariane contre le Minotaure

Athènes dans un autre malheur.

– Très bien, dit-il tout bas. Je me rends à tes raisons. Mais comment lui expliquer… à elle qui… ?

Il ne put continuer. Le capitaine, sensible au désespoir qui perçait dans sa voix, lui tapota gentiment l'épaule.

– Tu n'auras rien à lui expliquer, si tu veux me laisser faire. J'ai des herbes qui l'endormiront quelques heures. Je vais donner des instructions à un marin qui s'en chargera.

Comme Thésée ne répondait rien, il se leva et se dirigea vers la grotte où était ancré son navire.

Thésée n'avait pas le courage de retourner voir Ariane. Comment affronter à présent son sourire si confiant ? Il se haïssait de ne pas avoir le cran de lui parler franchement. Après tout, c'était une fille intelligente, et une fille de roi : elle pourrait comprendre que l'intérêt d'un peuple justifiât le sacrifice du bonheur individuel ! Mais d'un autre côté, elle avait tout quitté pour lui. Elle avait été jusqu'à trahir son père ! Jamais elle n'accepterait de renoncer. Plutôt que de faire naître un conflit inutile, il valait mieux se taire et laisser le capitaine l'endormir avec ses herbes.

Peu à peu, il réussit à se convaincre qu'il avait raison d'agir ainsi. Le jour commençait à baisser. Léandre, un peu plus bas sur la plage, était en grande conversation avec le pilote du bateau. Filles et garçons, reposés, étaient sortis de l'abri et s'étaient éparpillés. Il chercha Ariane et finit par l'apercevoir, dans les rochers, avec Mélissa. Il s'écarta, de peur qu'elle ne remarque sa présence et ne vienne le retrouver.

Un peu plus tard, il vit le capitaine revenir avec un marin qui portait des carafes, et appeler pour le rassemblement. Thésée s'approcha.

Pendant que le marin servait les jeunes gens dans de petits bols, le capitaine présentait à Ariane un carafon individuel assorti d'une petite coupe ciselée. Quand Thésée eut rejoint le groupe, il lui tendit un service identique. Ariane, souriante, but en regardant Thésée, qui lui rendit son sourire et but à son tour sa tisane de menthe.

Il prit ensuite Ariane par le bras et l'emmena dans la cabane. Il faillit tout lui dire, mais n'en eut pas le courage. Il attendit qu'elle soit complètement endormie, s'assura qu'il y avait des provisions en quantité suffisante, jeta sur elle un dernier regard et sortit. Quand il regagna le navire, tout le monde était déjà à bord. La nuit était presque tombée, et le capitaine ordonna de lever l'ancre.

Le navire glissait silencieusement sous vent arrière depuis un certain temps déjà, lorsque s'éleva la voix claire de Mélissa :

– Mais où es-tu donc, Ariane ? Viens près de moi !

– Elle dort… répondit Thésée.

CHAPITRE 10
UN DIEU AMOUREUX

A riane gémissait dans son sommeil, en proie à un terrible cauchemar. Elle se voyait avec Thésée dans une ville en ruine, dont les rues étaient jonchées de cadavres. Soudain, l'un d'eux se redressa et lui saisit les jambes. Il était couvert de sang et il avait une blessure béante au milieu de la poitrine. Elle s'accrocha à Thésée pour ne pas tomber, mais celui-ci la repoussa. D'autres mains l'agrippaient, appartenant à des corps effroyablement mutilés. Épouvantée, elle luttait pour se libérer, tandis qu'indifférent, Thésée s'éloignait comme si elle n'existait pas.

Elle s'éveilla, haletante, trempée de sueur et voulut ouvrir les yeux, mais ses paupières refusèrent d'obéir. Son corps tout entier était complètement engourdi. « Je dois dormir encore », pensa-t-elle.

Quand elle se réveilla vraiment, le soleil était haut dans le ciel. Elle s'assit sur sa couche, regarda autour d'elle : personne. Prise de panique, elle se leva, sortit de la cabane : tout en bas, près de la mer, un homme était assis, occupé à jeter de petits cailloux dans l'eau. Ce n'était pas Thésée, ni aucun de ses compagnons de voyage. Il avait de longs cheveux blonds, bouclés, et elle crut voir que sa tête était couronnée de feuillages. Elle allait se précipiter vers la grotte marine quand l'homme se retourna et lui fit un petit signe de la main. Elle s'arrêta dans son élan, incertaine de ce qu'il convenait de faire. Mais il reprit sa position et s'absorba de nouveau dans son occupation.

Désespérée, Ariane constata que le bateau lui aussi avait disparu. À moins que… Peut-être n'était-ce pas l'endroit ? C'était cela : elle s'était trompée de grotte ! Il était impossible qu'ils soient repartis sans elle !

– Si, c'est bien là, tu ne t'es pas trompée, fit une voix derrière elle.

Elle sursauta. C'était l'homme aux petits cailloux.

– N'aie pas peur, je ne te veux aucun mal, ajouta-t-il en souriant.

Il avait des fossettes et des yeux très brillants,

presque dorés. Sa voix douce et profonde inspirait la confiance. Ariane le regardait en silence, désemparée.

– C'est bien le navire des Athéniens, que tu cherches ?

– Oui, répondit-elle vivement. Si tu sais quelque chose, je t'en supplie, dis-le-moi !

– Ils sont partis il y a longtemps maintenant, hier soir à la tombée de la nuit.

– Ce n'est pas possible ! cria-t-elle. Je ne te crois pas !

– Pourtant…

– Je ne te crois pas ! répéta-t-elle, avant de s'enfuir en courant.

La princesse s'effondra près du rivage. Elle pleura longtemps. Tantôt, elle martelait le sable de ses poings en hurlant, tantôt, hébétée, elle laissait glisser les larmes sur son visage, les yeux grands ouverts, ou bien, le corps secoué de sanglots, restait prostrée, recroquevillée sur elle-même.

Enfin, quand le soleil eut parcouru les deux tiers de sa course, elle se leva et fit quelques pas le long de la mer. Soudain, elle sentit une odeur de grillade. Étonnée, elle leva les yeux vers la cabane. Devant l'entrée, l'homme aux cheveux blonds s'affairait au-dessus d'un feu. Il lui fit signe d'approcher.

– Viens te restaurer un peu, tu n'as rien mangé depuis hier ! lui cria-t-il.

« De quoi se mêle-t-il, celui-là ?! » pensa-t-elle. Et elle reprit ses déambulations, le visage fermé.

Ariane contre le Minotaure

– Approche donc, Ariane, écoute-moi !

Cette fois, la princesse s'arrêta, intriguée. Comment connaissait-il son nom ?

– J'ai préparé tous tes plats préférés ! Viens, tu ne le regretteras pas ! insistait-il.

– Mes plats préférés ! s'écria-t-elle avec humeur. Comment oses-tu dire que tu connais mes plats préférés ?

– Parce que c'est vrai ! lui répondit-il sans se vexer. Allez, viens ! Tu vas bien voir !

Elle soupira, encore réticente, mais la curiosité l'emporta.

Il y avait des escargots cuisinés dans l'huile d'olive avec des aromates, de l'agneau grillé, des pains odorants, de petits gâteaux au miel et aux amandes, des jujubes, du raisin… Elle sourit à l'inconnu.

– Tu connais mon nom, et moi, je ne sais comment t'appeler.

– Tu le sauras bientôt, dit-il en lui tendant une coupe qu'elle porta à ses lèvres avec délice. C'était du vin coupé d'eau, agrémenté de genièvre et de miel.

Peu à peu, Ariane se détendait. En fait, chaque fois que son regard croisait les étranges yeux dorés de son hôte, elle se sentait plus apaisée. Elle fit honneur au festin, réservant ses questions pour la fin du repas, comme le voulait la politesse. Alors seulement, elle lui demanda de nouveau qui il était.

– Je suis celui qui est né du feu et qui a été élevé par la pluie, répondit-il en riant.

– C'est une devinette ?

– Je vais t'aider.

Il entra dans la cabane et revint la tête ceinte de la couronne de lierre qu'il avait le matin et, à la main, un drôle de bâton surmonté d'une pomme de pin. Cette fois, Ariane avait trouvé.

– Tu es « Celui qui a appris aux hommes à cultiver la vigne et à faire le vin », murmura-t-elle avec respect.

– Dionysos*, pour te servir, ma princesse ! Et surtout, ajouta-t-il en lui prenant la main, quitte le ton cérémonieux sur lequel tu viens de me parler et qui te va si mal !

Il s'inclina joyeusement.

Ariane, sous le coup d'une telle révélation, repassait dans sa tête tous les événements. Voilà pourquoi elle avait eu l'impression qu'il lisait dans ses pensées ! C'était le fils de Zeus et de Sémélé, l'unique dieu dont les parents n'étaient pas tous deux divins.

– Né du feu et élevé par la pluie ? Que veux-tu dire ?

– Réfléchis : qu'est-il arrivé à ma mère, juste avant ma naissance ?

– Elle a été… ah oui, « né du feu » : elle a été foudroyée ! Pour avoir vu Zeus dans sa toute-puissance…

– Hélas !

Une ombre passa dans ses yeux, mais il reprit aussitôt :

Ariane contre le Minotaure

– Et maintenant, « élevé par la pluie » : tu trouves ?

– Je crois que ton père t'a fait élever par des nymphes, mais je n'en sais pas plus.

– Des nymphes, en effet : les Hyades, que Zeus a ensuite transformées en étoiles…

– Celles qui sont signe de pluie lorsqu'on les voit sur la ligne d'horizon ! Hum… Pas mal, ta devinette ! Mais je n'aurais jamais trouvé toute seule.

Le soleil n'était plus qu'une boule rouge qui plongeait dans la mer, face à eux. Dionysos se taisait désormais. Il attendait qu'Ariane aborde elle-même le sujet qui la faisait tant souffrir. Il faisait presque nuit quand elle se décida :

– Pourquoi Thésée m'a-t-il abandonnée ? Il était si gentil, si tendre, et puis… je ne comprends pas ! Explique-moi ! Toi qui es un dieu, tu sais, non ?

– Ce sont des raisons politiques.

– Il a peur de mon père ?

– Tu peux comprendre cela, non ?

– Ce qui m'échappe, c'est pourquoi il s'en est rendu compte seulement sur cette île. Pourquoi ne m'a-t-il pas dit plus tôt qu'il ne pouvait pas m'emmener ?

– Il ne le savait pas lui-même : c'est le capitaine athénien qui…

– Ah ! Je sentais bien qu'il me regardait d'un drôle d'air, ce capitaine ! s'écria-t-elle avec amertume. Si au moins Thésée m'avait parlé…

– Tu crois que tu aurais accepté sa décision ?

– Non, sans doute… concéda-t-elle. Mais au moins je me serais sentie respectée. Et je ne penserais pas à lui comme à un lâche !

– A-t-il été lâche en allant de son plein gré affronter le Minotaure ?

– Pas lâche, non ! Inconscient ! Car sans moi, il était absolument impossible qu'il en vienne à bout, sans parler du Labyrinthe ! Et puis, que penser de cet homme prêt à combattre des monstres et incapable d'affronter une femme ? Ah ! Tarrha avait raison : ces Athéniens sont vraiment des traîtres sans parole.

Dionysos souriait en l'écoutant. « Ariane est guérie, songeait-il. Maintenant, elle va vouloir rentrer chez son père… »

– Je t'en prie, Dionysos, reprit-elle, trouve-moi un moyen de retourner à Cnossos. J'ai tellement envie de revoir ma nourrice, Soumada, Phèdre… d'être comme avant… J'étais si heureuse !

– C'est impossible, Ariane, tu risques la mort. Tu es revenue de ton erreur, mais ton père, à l'heure qu'il est, est au courant de ta trahison et de ta fuite.

– Mais comment ? Par qui ?

– Des garde-côtes t'ont reconnue. Ils ont aussi parlé de jeunes gens qui montaient à bord du navire athénien. Et comme tu étais introuvable à Cnossos, faire le rapprochement n'était pas difficile !

Ariane contre le Minotaure

La princesse était effondrée.

– J'ai été trop brutal, lui dit le dieu. Pardonne-moi. J'aurais dû te ménager davantage, répondre plus évasivement à tes questions, attendre demain pour t'apprendre la nouvelle…

Ariane frissonnait. Dionysos la prit dans ses bras et la porta dans la cabane. Il l'endormit pour que le sommeil lui fasse oublier l'horreur de cette journée. Le lendemain, quand elle serait reposée, il lui proposerait de l'emmener avec lui et d'être sa compagne. Il était follement amoureux d'elle depuis si longtemps ! Il avait passé tant de moments à la contempler, à Cnossos, discrètement assis sous le vieil olivier, ou en s'occupant des vignes les plus proches des appartements des femmes ! Le dieu était sûr maintenant qu'elle accepterait. Que pouvait-elle faire d'autre ?

ÉPILOGUE

En effet, Ariane accepta d'être la compagne de Dionysos. Elle parcourut le monde avec lui et coula des jours heureux. Seule ombre à son bonheur : elle ne put jamais revoir ni sa nourrice, ni son amie Soumada, ni sa sœur Phèdre. Quand elle mourut, à un âge avancé, le dieu fut inconsolable. Elle portait toujours la couronne d'or sertie de diamants qu'il lui avait offerte un jour. Il l'ôta délicatement de sa tête et l'envoya dans le ciel, où elle devint une étoile. Ce fut sa façon à lui de rendre sa chère Ariane immortelle. Toutes les nuits, il put ainsi évoquer son souvenir en regardant l'étoile, et apaiser sa tristesse.

Ariane contre le Minotaure

Quant à Thésée, il fut puni de sa lâche trahison. Dès le lendemain du départ, il dut expliquer sa décision à ses compagnons, qui en furent profondément indignés. Thésée se renferma alors sur lui-même, las de les entendre « se lamenter sur le sort d'une petite princesse qui, après tout, avait trahi son père et sa terre ! ».

Tout à ses pensées, il oublia ce qu'il avait convenu avec son père à lui, le roi Égée, avant de partir : s'il était à bord – ce qui voulait dire qu'il avait réussi sa mission – il ordonnerait au capitaine d'affaler la voile brune habituelle pour la remplacer par une blanche.

Égée sut assez vite, par des guetteurs du Péloponnèse, que le bateau naviguait sous la voile brune. Il espéra jusqu'au bout que celle-ci serait affalée et remplacée. Mais quand le navire arriva, voile inchangée, en vue de l'Acropole d'Athènes, il se fit conduire à un endroit de la côte qu'il savait particulièrement escarpé. Là, il se jeta dans la mer.

À son arrivée, Thésée fut anéanti par la nouvelle. C'était comme s'il avait lui-même poussé son père du haut de la falaise. En souvenir, il fit donner à la mer où ce dernier s'était jeté le nom de mer Égée.

On ne sait s'il regretta Ariane. Seulement, bien plus tard, il finit par épouser… Phèdre ! Mais ceci est une autre histoire.

Dédale essuya la colère de Minos jusqu'en Sicile, où il s'était réfugié chez le roi Cocalos. Mais plutôt que de livrer son hôte, Cocalos choisit de faire périr Minos. Ainsi mourut le fils de Zeus.

Tarrha et Soumada apprirent qu'Ariane avait été abandonnée par Thésée sur l'île de Dia, mais crurent comme tout le monde qu'elle avait été ensuite enlevée par des pirates.

Un an après ces événements, Soumada épousa un éleveur de taureaux, fut très heureuse en ménage, et donna à Tarrha sept petits-enfants qui égayèrent sa vieillesse. Malgré cela, les deux femmes continuèrent à penser à Ariane avec beaucoup de tristesse jusqu'à la fin de leurs jours.

Généalogie d'Ariane
(et de Dionysos)

Poséidon

Agénor

Hélios
(le soleil)   Zeus + Europe

Taureau + Pasiphaé + Minos   Sarpéd[on]

8 enfants dont

Minotaure   Androgée   Aria[ne]

Aphrodite + Arès

Cadmos + Harmonie

Rhadamante   Sémélé + Zeus

Phèdre   Dionysos

Ariane contre le Minotaure

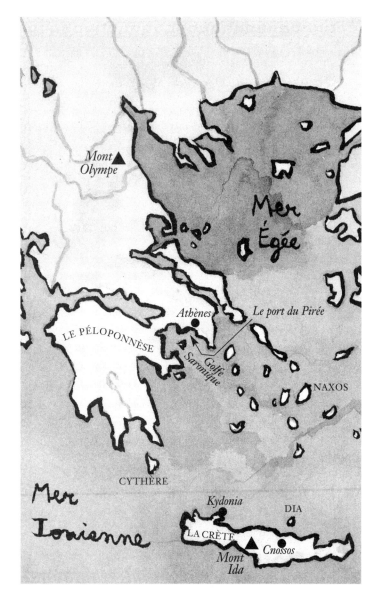

- **Le monde d'Ariane** -

POUR MIEUX CONNAÎTRE
ARIANE

L'ORIGINE D'ARIANE

Comme la plupart des personnages mythologiques, Ariane a une origine **légendaire**. Mais cette légende se construit en deux temps, puisque ce personnage, « né » en Crète, a été adopté par les Grecs.

La rencontre entre ces deux mondes est **historiquement** invraisemblable, puisque le Grec Thésée (semi-légendaire) a « vécu » bien après la fin de la civilisation minoenne (cf. Crète) ; mais dans une légende, rien n'est impossible…

Des **Crétois**, nous savons assez peu de choses, leurs palais ayant été détruits par des incendies. L'histoire d'Ariane nous est donc surtout connue par la **littérature** et la **peinture** des anciens **Grecs**.

▦ LES SOURCES CRÉTOISES

Ariane, *Ariadnè*, serait une déesse crétoise ; *Minos* signifierait simplement « roi ». Quant au Minotaure, à tête animale sur un corps humain, il rappelle certains dieux égyptiens ; et nous savons que le taureau est un animal sacré en Crète. Enfin, on a pu supposer que le Labyrinthe était une représentation des immenses palais crétois.

Ces différents éléments de la légende sont donc bien crétois, et ils ont été réutilisés par les Grecs (qui ont envahi la Crète dès 1450 av. J.-C.).

▦ LES SOURCES GRECQUES

Ariane est connue dès la plus haute antiquité, puis-qu'elle est citée tant dans l'*Iliade* que dans l'*Odyssée*, **épopées*** du plus ancien poète grec connu, <u>Homère</u> (VIIIe s. av. J.-C.).

Mais pour les Grecs, le personnage principal de cette histoire est Thésée, héros épique, fondateur d'Athènes. L'épisode crétois (Ariane et le Minotaure) est un exploit héroïque parmi tant d'autres. Et, dans l'*Odyssée*, Ariane abandonnée est tuée par Artémis.

Dans les nombreuses **peintures sur vases** (du VIIe s. au IIIe s. av. J.-C.) représentant un épisode de cette légende, le départ de Thésée se fait presque toujours sur l'ordre d'un dieu, le plus souvent Athéna*. Ariane figure auprès de Thésée quand elle donne la pelote de fil ou qu'elle assiste à son combat.

Mais on la trouve bien plus souvent aux côtés de Dionysos. Soit celui-ci la découvre endormie sur l'île de Naxos (ou de Dia). Soit Ariane règne à ses côtés, coiffée du divin diadème qui ornera le ciel nocturne (la Couronne Boréale). Leur attitude est bien plus amoureuse que celle de Thésée avec Ariane !

Parmi les autres œuvres qui évoquent Ariane, citons la *Vie de Thésée* (*Vies des Hommes Illustres*, 96-120 apr. J.-C.) où Plutarque rapporte toutes les versions de la légende connues alors en Grèce. Comme, à cette époque, l'existence historique d'Ariane et de Thésée était vraisemblable, certains supposaient même deux Ariane pour expliquer les différents épisodes de l'histoire !

Dès l'Antiquité la plus reculée, l'histoire d'Ariane est donc sujette à variations : le tribut athénien est livré tous les trois ou neuf ans ; pour certains, Ariane n'a pas été vraiment abandonnée, mais perdue par Thésée ; pour d'autres, une fois abandonnée, elle est tuée par Artémis ou par des habitants de l'île ; enfin — et c'est la version la plus répandue — Dionysos la trouve endormie et l'épouse. Parfois elle reste mortelle, parfois elle est admise parmi les dieux de l'Olympe.

Ariane contre le Minotaure

LES VOYAGES D'ARIANE À TRAVERS LES ARTS
▦ PÉRIODE ROMAINE

Ce qui est caractéristique de l'époque romaine, c'est la prééminence accordée à Ariane, à son abandon, un peu moins à ses noces avec Dionysos (Bacchus en latin).

• Poésie

- *Poèmes* (poème 64) de <u>Catulle</u> (87-54 av. J.-C.)
- *Héroïdes, X ; Art d'aimer, I ; Fastes, III, et Métamorphoses, VIII,* d'<u>Ovide</u> (43 av. - 17 ou 18 apr. J.-C.)

• Peinture et sculpture

Nombreuses sont les représentations plastiques découvertes à travers le monde romain : *fresques* d'Étrurie, de Pompéi et d'Herculanum (Italie) ; *mosaïques* de Zeugma (Turquie, près de l'Euphrate) mises au jour en 2000 ; œuvres de Syrie ou de Libye. Sans compter la statue d'*Ariane endormie* du Vatican, copie d'un original du IIIe-IIe s. av. J.-C., qui inspira plusieurs peintres postérieurs, jusqu'à nos jours.

▦ PÉRIODE CLASSIQUE

Du XVIe au XIXe s., on retrouve l'héroïne abandonnée, et son heureuse rencontre avec Dionysos, mais aussi le combat de Thésée.

• Opéra

Ariane à Naxos (1608), de <u>O. Rinuccini</u>, musique de <u>Monteverdi</u> ;

• Peinture

– *Bacchus et Ariane* (1523-24 ; Londres, copie au Louvre) et *Bacchanale à Andros* (1525 ; Madrid) du <u>Titien,</u> ;

– *Bacchanale et Ariane endormie* (1628 ; Stockholm), de <u>P.P. Rubens,</u> inspiré du précédent ;

– *Bacchus et Ariane* (1821) de <u>A.J. Gros</u>, (Canada).

• Sculpture

– *Thésée vainqueur du Minotaure* (1781-83), marbre de <u>A. Canova</u> (Londres) ;

– *Thésée combattant le Minotaure* (1843), bronze de <u>A.-L. Barye</u> (Louvre).

▦ PÉRIODE CONTEMPORAINE

Au XXe s., les artistes portent plus attention à ce qui nous choque ou révèle nos pensées profondes. Ariane endormie est toujours un sujet intéressant, mais on voit aussi surgir un personnage négligé jusqu'alors : le Minotaure, le monstre.

ARIANE ENDORMIE

• Opéra

Ariane à Naxos (1912), de <u>H. von Hofmannsthal</u>, musique de <u>R. Strauss</u>.

• Peinture

Les peintres d'*Ariane* se sont clairement souvenus de l'*Ariane endormie* du Vatican, image de beauté et de douloureuse solitude.

- G. De Chirico (1888-1978) a composé à partir de 1912 une série de tableaux autour du même motif : *Ariane*, *La Statue silencieuse*, *Melanconia*, etc.

- H. Matisse (1869-1954) a représenté dans *Le Rêve* (1940) et *Le Nu bleu* (1952) des dormeuses dont l'attitude rappelle étonnamment l'*Ariane endormie*.

LE MINOTAURE

• Littérature

Quelques nouvelles ou courtes pièces de théâtre ont été écrites sur le Minotaure par des auteurs qui ont marqué ce siècle : J.L. Borges (1899-1986), M. Yourcenar (1903-1987), F. Dürrenmatt (1921-1990).

Dans ces œuvres, l'histoire est vécue du point de vue du Minotaure, de sa souffrance d'être monstrueux, unique en son genre et donc isolé, repoussé de tous.

• Peinture

Pour la création de la revue *Le Minotaure*, fondée en 1933 par A. Skira (son objectif est la « quête de l'homme primitif »), plusieurs peintres exécuteront un *Minotaure* : Dali, Magritte, Miró...

Mais le grand peintre du *Minotaure* est Picasso (1881-1973), qui en a composé toute une série entre 1933 et 1936. À la fois homme, agressif ou séduisant, et taureau dans l'arène, blessé et agonisant, le Minotaure est symbole de l'homme et de sa bestialité, de sa souffrance.

LES MYTHES D'ARIANE ET DU MINOTAURE

Quand une légende se transmet ainsi, avec des variantes mettant en relief tel ou tel personnage, tel ou tel épisode, suivant l'époque, le pays, l'auteur, c'est que cette légende a une valeur profonde, universelle (qui a du sens pour tout le monde) : on parle alors de **mythe**.

C'est bien de cela qu'il s'agit avec Ariane et le Minotaure. Même si chacun développe une personnalité qui lui est propre, une grande partie de leur histoire est commune : ils sont bien de la même famille.

Nous ne pouvons pas dire grand-chose du mythe **crétois**, sinon peut-être qu'Ariane, en débarrassant Minos du Minotaure, le délivre du monstre qui est enfermé en lui, de sa part mauvaise. Ce serait grâce à elle qu'il peut devenir juste, et juge des Enfers !

Par contre, le noyau de l'épopée purement **grecque** de Thésée, c'est son exploit. Le rôle dévolu alors à Ariane est fréquent dans la mythologie (pas seulement grecque) : celui de la femme amoureuse, qui n'hésite pas à trahir les siens pour les beaux yeux du héros, et dont ce dernier se débarrasse sans guère de remords une fois son office accompli.

Mais la **fonction d'Ariane** n'est pas indifférente : c'est elle qui permet à Thésée de sortir du Labyrinthe. Elle a donc le rôle du guide qui mène à la lumière, ce qui explique son union avec Dionysos.

En effet, celui-ci n'est pas seulement le dieu du vin, il est aussi le dieu de la régénération, qui permet à la graine cachée de (re)naître, qui permet aux hommes, à travers certaines pratiques religieuses, de connaître une vie après la mort. Comme Thésée qui échapperait à l'obscurité pour retrouver la vie...

Mais que dire du **Minotaure** ? Dans l'Antiquité classique, il est le monstre effrayant et cannibale, le mal personnifié. Il est peut-être, encore, la part de mal ou de bestialité que chaque homme porte en lui. Thésée n'hésite pas à l'affronter et à le tuer définitivement. Et Thésée n'est-il pas un héros civilisateur ?

Mais si le Minotaure est un monstre, c'est qu'il est « différent ». C'est seulement depuis très peu de temps que l'on reconnaît l'homme derrière sa différence, monstrueuse ou pas. Que l'on pense à l'intégration des handicapés tant débattue aujourd'hui ! C'est ce qui

expliquerait la place nouvelle faite au Minotaure, monstrueux comme peut l'être... un homme. •

Lexique

Athéna : fille de Zeus, sortie tout armée de sa tête, elle est déesse de la guerre. À Athènes, dont elle est déesse souveraine, elle est surtout déesse de la raison et des techniques (depuis le tissage jusqu'à la construction navale !).

Crète (et **Crétois**) : grande île au sud de la Grèce, qui a vu s'épanouir à une époque très ancienne (entre 2200 et 1450/1375 av. J.-C.) une civilisation très raffinée qu'on appelle *minoenne* (à cause de *Minos*) : grands et riches palais, importante activité artisanale, commerciale et maritime. Ravagée au XVe s. av. J.-C., la Crète passe sous contrôle mycénien, c'est-à-dire grec. Pour Homère, premier poète grec, les Crétois sont des pirates et des menteurs hors pair !

Curètes (ou Corybantes) : mi-prêtres, mi-guerriers, successeurs des premiers Curètes, ces démons qui avaient protégé Zeus enfant en couvrant ses vagissements du bruit de leurs armes entrechoquées, lances contre boucliers.

Dédale : Athénien légendaire, on lui attribue les œuvres d'art archaïques et de nombreuses inventions techniques. Réfugié en Crète, il travaille pour Minos. Après la mort du monstre, Dédale est enfermé avec son fils Icare dans le

Labyrinthe par le roi. Pour en sortir, il fabrique des ailes qu'il fixe avec de la cire. Icare vole trop près du soleil, la cire fond : l'enfant s'abîme dans la mer, appelée depuis mer Icarienne. Dédale, lui, parvient en Sicile.

Dionysos : fils de Zeus et de Sémélé, qui meurt foudroyée pour avoir voulu contempler Zeus dans tout son éclat. Celui-ci ôte alors de son ventre le bébé et le coud dans sa cuisse pour qu'il finisse de grandir.

Dionysos, ou *Bacchos*, est dieu de la vigne, de l'ivresse et de l'inspiration, ainsi que de la végétation qui meurt et renaît. Son culte est l'occasion de fêtes (*Bacchanales*), au cours desquelles ses adorateurs entrent en transe. C'est aussi sous son patronage qu'ont lieu les concours de tragédies*.

Enfin, Dionysos est représenté couronné de lierre ou du pampre de la vigne. Il est souvent accompagné de *satyres* (divinités à pieds et cornes de bouc et à queue de cheval) et de *Ménades* (adoratrices du dieu) qui brandissent le *thyrse*, le bâton que Dionysos montre à Ariane dans le roman pour se faire reconnaître.

Épopée : très long poème qui retrace les aventures de héros aux qualités surhumaines (les *Superman* de l'époque), confrontés à des adversaires et à des dangers tout aussi inouïs. Ces poèmes, avant d'être fixés par l'écriture, étaient récités lors des fêtes, des cérémonies…

Héphaïstos : fils de Zeus et d'Héra. C'est le dieu du feu et de la forge, dieu des techniques et des arts. Il est capable de donner vie aux objets. C'est lui qui forge les armes des plus grands héros, le Grec Achille ou le Troyen Énée.

Minos : roi légendaire de Crète, fils de Zeus et d'Europe. A noter : Zeus séduisit Europe sous la forme d'un taureau. Cela rappelle étonnamment l'histoire de Pasiphaé !

C'est lui qui aurait, avec son frère Rhadamante, civilisé la Crète et, une fois seul au pouvoir, il aurait régné avec justice. C'est pourquoi, après sa mort, il fut appelé par Zeus à être juge aux Enfers (séjour de tous les morts, sans opposition entre Enfer et Paradis à l'époque ancienne), avec son frère Rhadamante, et avec Éaque (autre fils de Zeus, grand-père d'Achille).

Poséidon : frère de Zeus, dieu des mers. Le taureau est son animal consacré.

Tragédie : forme théâtrale née à Athènes, qui s'épanouit au Ve s. av. J.-C. Elle était représentée lors de grandes fêtes religieuses dédiées à Dionysos. Chaque pièce mettait en scène un épisode de la vie d'un héros, menacé par des forces supérieures, dieux ou destin. Pendant toute la pièce, ce personnage cherche à échapper à cette menace, en vain : le héros est le plus souvent rattrapé et écrasé par son destin.

Zeus : fils de Cronos et de Rhéa. Cronos, devant être détrôné par l'un de ses fils (selon une prédiction), avalait ses enfants à leur naissance. Rhéa, lasse de ce procédé, réussit à sauver son dernier-né, Zeus. Il fut caché dans une grotte du mont Ida, en Crète, où ses vagissements étaient couverts par le bruit des armes des Curètes. Quand il fut grand, il récupéra ses frères et sœurs et chassa son père. Après avoir vaincu les anciens dieux, il devint roi des Olympiens (dieux qui siègent sur le mont Olympe) et imposa un nouvel ordre à l'univers.

Zeus est dieu du ciel et de la foudre. Volage, il ne peut résister au charme féminin, chez les mortelles comme chez les déesses. Il est frère ou père de presque tous les Olympiens et père de nombreux héros.

L'autrice,

MARIE-ODILE HARTMANN

Quand on est passionné par les histoires, on finit tôt ou tard par avoir envie d'en raconter...

Marie-Odile Hartmann pensa d'abord au théâtre et exerça le métier de comédienne pendant cinq ans. Mais elle se rendit compte qu'être habitée par un seul personnage ne lui suffisait pas. Il les lui fallait tous ! Et c'est ainsi que, petit à petit, elle se mit à écrire pour le théâtre. Elle est l'auteur en particulier d'adaptations de contes pour le jeune public : *Hansel et Gretel*, *Barbe-Bleue*, *La Belle et la Bête*, *Les Aventures des trois petits cochons*, *La Revanche des loups*.

Les civilisations anciennes laissent à l'imaginaire de vastes étendues inexplorées : le monde du passé est un monde à rêver. Inspirée par la Crète, elle livre aujourd'hui son premier récit, *Ariane contre le Minotaure*, et ne compte pas s'arrêter là !

Actuellement, elle enseigne le français, le latin et le grec à des élèves de la région parisienne, et continue ainsi à raconter, lire, et faire lire... des histoires !

Table des matières

Dans la même collection

Œdipe le maudit / Marie-Thérèse Davidson

Un Piège pour Iphigénie / Évelyne Brisou-Pellen

Les Cauchemars de Cassandre / Béatrice Nicodème

Les Combats d'Achille / Mano Gentil

Ariane contre le Minotaure / Marie-Odile Hartmann

Le Secret de Phèdre / Valérie Sigward

Orphée l'enchanteur / Guy Jimenes

Rebelle Antigone / Marie-Thérèse Davidson

Hector, le bouclier de Troie / Hector Hugo

Les Brûlures de Didon / Gilles Massardier

Médée la magicienne / Valérie Sigward

Le Bûcher d'Héraclès / Hector Hugo

La Quête d'Isis / Bertrand Solet

Prométhée le révolté / Janine Teisson

Les Larmes de Psyché / Léo Lamarche

Persée et le regard de pierre / Hélène Montardre

Thésée revenu des Enfers / Hector Hugo

Zeus à la conquête de l'Olympe / Hélène Montardre

L'Amère Vengeance de Clytemnestre / Michèle Drévillon

Ulysse, l'aventurier des mers / Hélène Montardre

Romulus et Rémus, fils de Mars / Guy Jimenes

Perséphone, prisonnière des Enfers / Guy Jimenes

Jason et le défi de la Toison d'or / Nadia Porcar

Icare aux ailes d'or / Guy Jimenes

Méduse, le mauvais œil / Anne Vantal

Io, pour l'amour de Zeus / Clémentine Beauvais

N° éditeur : 10251849 – Dépôt légal : mars 2004
Achevé d'imprimer en Italie en janvier 2019
par « La Tipografica Varese Srl » Varese